春の宵

クォン・ヨソン
橋本智保 訳

春の宵＊目次

装画　佐藤ゆかり
装幀　宮島亜紀

The WORK is published under the support of Literature Translation Institute of Korea(LTI Korea).

春の宵

「生きる、ってほんとつらいわよね」

ヨンソンはそう言って妹のヨンミを見た。ヨンミはハンドルを握りしめたまま、目を細めじっと前を見つめていた。しばらく待っても返事が返ってこない。

「このまえ面会に行ったとき、あの子、わたしたちに食ってかかってきたじゃない？　あのときなぜ気づいてやれなかったのかしら。スファンを忘れるなんて。あのスファンを……」

話している途中でヨンソンは、車が急にスピードを上げているのに気づいた。カーブを曲がったときバランスを崩し、彼女はあわてて窓の上の取っ手にしがみついた。

「ヨンミ！　スピード落としなさいよ！」

ヨンミはスピードを少し落としたが、ヨンソンにはそれでも速いと感じた。国道沿いの木々が勢いよく通りすぎていく。ヨンソンは胸に手をあてた。

「ああ、天にましますわれらの父よ！　乗せてもらってる分際で、わたしになにが言えるでしょう」

ヨンソンはこれ見よがしにシートベルトをきつく締めたが、ヨンミはそれでも目を細めて前方を見つめたままだ。

「あんたももう還暦なのよ。そんなにカッカしながら運転するもんじゃないわ」

ヨンソンはきっぱりそう言い放つと、ヒーターのきいたシートにもたれかかった。突然、ヨンミが口を開いた。

「これ以上、なにを望むの？」

ヨンソンはヨンミをチラッと見て、少し考え込んでからうなずいた。

「そうよ。あんたの言うとおりだわね。こうなってよかったのよ。もうこれ以上お酒飲んで出歩くこともないでしょうし」

「そうじゃなくて、姉さんとわたしの……」

ヨンソンが座席から体を起こし、ヨンミの言葉をさえぎった。

「今後わたしたちがどうすべきかよね。とりあえずヨンギョンのアパートは売り払うべきだわ。残してやる子どももいないんだし」

ヨンミがそうじゃない、というように首を横に振った。

「わたしたちのすることなんて、なんにもないわよ。こうして生きてるだけでもう十分。これ以上なにを望めっていうの？」

ヨンミがそう言ったあとは、エンジンと風の音が聞こえてくるだけで外の空気はまだ肌寒く、窓に降り注ぐ春の日ざしは暖かった。


スファンとヨンギョンは十二年前、四十三歳の春、小さなウェディングホールで出会った。スファンは新郎の高校の同級生で、ヨンギョンは新婦の大学の同期だった。新郎新婦が四十をとっくに過ぎていたのと、お互い再婚だったため、式はごくささやかに行われた。招待客は合わせて五十人にもならなかった。中年の新郎新婦は新婚旅行にも行かず、あたかも再婚の目的がそこにあるかのように、式が終わるなり互いの友人を自分たちの家に呼んで酒盛りをはじめて夜明けまで飲み続けた。

明け方、スファンは酔いつぶれたヨンギョンを背負って彼女のアパートまで送った。つぎの日から彼らは毎日会い、いっしょに夕飯を食べて酒を飲んだ。スファンは酒に弱く、たいていはヨンギョンが泥酔して動けなくなるとお開きになった。スファンは初めて会った日のように、ヨンギョンを背負ってアパートまで送った。そんな面倒な往来も一週間後、スファンが屋上の部屋を引き払い、ヨンギョンのアパートで暮らすようになって解消した。その後二人は、たった一度の例外を除いて、離ればなれになることはなかった。

ヨンギョンは面会室に入り、ソファに一人すわっている義母のキスンを見つけると、そちらに車椅子を押していった。スファンの車椅子をソファのそばに固定し、キスンと向かい合ってすわった。

「ようきたね」

入れ歯のせいで発音がはっきりしないキスンの言葉を聞き取ろうと、スファンは上半身を近づけた。

「ご飯は食べたのかい？」

キスンが口をもぐもぐさせながら訊いた。

「食べたよ、もちろん」

スファンが言った。

「ここのご飯はどうなんだい？」

「おいしいよ」

キスンは次にヨンギョンを見て言った。

「あんたもご飯、食べたのかい？」

「はい、食べました」

「そうかい。体が弱いんだからたくさん食べるんだよ」

ヨンギョンの耳にそうはっきり聞こえたわけではないけれど、大体そういう意味だろうと思ってうなずいた。

「はい、お義母さん」

スファンがゆっくりと周りを見回して言った。

「兄さんは?」

キスンは聞き取れない。

「なんだって?」

スファンが大きな声でもう一度たずねた。

「兄さんは? 兄さんはどこに行ったの?」

「ああ、外で煙草を吸ってるよ。じきに戻ってくるだろうよ。まだやめられないらしいねえ」

兄のスチョルはそうすぐには戻ってこないだろうと思ったが、スファンは何も言わなかった。キスンはここぞとばかりに、肝斑《かんぱん》だらけの手でスファンの左手を握りしめて泣いた。

「ああスファン、可哀想なわたしの息子……」

しばらく、キスンはずっと泣いていた。スファンはキスンに手を握られたまま、ヨンギョンのほうを見た。ヨンギョンはぼうっとキスンの頭上の虚空に目を向けたままだった。

「よせよ、母さん。そんなに泣くとますますきつくなるぞ」

スファンはそっと手を引っ込めた。キスンがポケットからガーゼのハンカチを取り出し、涙を拭きながら言った。

「あたしにご飯が作れたら、この近くに部屋でも借りて、毎日ここに通いながらおまえの面倒をみてやれるのにねえ」

「なに言ってんだ。兄さんが許すと思う?」

「ああ、兄さんにはとても言えないよ」

不満げな顔をしていたキスンが急に目を光らせて言った。

「もとはといえば、おまえがずっと鉄ばかり触ってたからこんなことになったんだ」

定番のセリフだったが、スファンは真面目に答えた。

「違うよ」

「なにが違うんだい。若いころから鉄を削ったり火を燃やしたりしたからにきまってる」

キスンが怒った声で言った。

「違うよ。それはこの病気と関係ないんだ」

「みんな言ってるよ。金属の持つ毒が体をむしばんで病気になったんだって。そうでなけりゃ若いのにこんな病気になるはずがない」

「母さん、僕はもう若くないよ」

スファンは笑いながらヨンギョンを見た。

「おまえはまだ五十五なんだよ。工場建てて鉄を触ったり火を燃やしたりしなけりゃ、こんな病気にはかからなかった。目にできものができるほど苦労したってのに、結局は人様にいい思いをさせただけじゃないか。ああ、あの女、今度会ったらこの手でしめ殺してやる」

キスンがぼやくのを聞きながら、スファンはずっとヨンギョンを見ていた。ヨンギョンの表情は変わらなかった。スファンが一番よく知っている、そして一番恐れている、魂を抜かれたようにうつろな表情……。

スチョルは午前の面会の終わりにやっと戻ってきて、キスンのうしろに黙って立った。面会終了のベルが鳴るなりまた泣きだすキスンを、スチョルが抱き起こした。無表情だったヨンギョンも、ベルの音を聞くと驚いたように立ち上がった。スチョルはキスンを連れて面会室を出ていき、そのうしろをヨンギョンと車椅子に乗ったスファンが続いた。スファンは本館のロビーで、還暦を過ぎた兄が八十過ぎの老いた母を十年は乗っている古い車に乗せ、療養院の正門を出ていくのを眺めた。

スファンにリウマチ性関節炎の症状が見られるようになったのは、三年ほど前だった。十五年近く不良債務者だったスファンは健康保険に加入していなかったため、すぐには治療が受けられなかった。どうにもならない状況に陥ると誰もがそうであるように、スファンはさほど心配もせず、事態を楽観的にとらえてヨンギョンと自分の不安を静めようとした。それから一年ほど経ったある日、スファンはこれ以上放っておけないと判断し、ヨンギョンと出会ったウェディングホールで再婚した同級生に電話をかけた。保険証を貸してもらえないだろうかというスファンの頼みに、友人はくっくっと笑いながら、最近は名前と住民登録番号を言うだけでいいのだと、快く自分の番号を教えてくれた。

近所の病院で簡単な検査をしたところ、いますぐ大きな病院に行ったほうがいいと言われた。大きな病院に行けば、面倒な検査をして手術を受けろと言われるに決まっている。友人の保険証でそこまではできなかった。スファンはここでもできる処置や処方はないのかとたずねた。医者は、簡単なパラフィン療法や一般的なリウマチの薬を処方することはできるが、すでにゆがみはじめている関節の状態からして、これといった効果は期待できないだろうと言った。スファンはとりあえずその治療を受けることにした。初めは症状がずいぶん和らいだような気がしたが数カ月後、手の施しようがないほど悪化したのだった。

ソファにすわっていたヨンソンとヨンミは、一人で面会室に入ってくるヨンギョンが目に入るといっしょに立ち上がった。ヨンギョンは二人の姉の向かいにすわり、テーブルに並んだ食事をチラッと見ると、黙って窓に目を向けた。ヨンギョンの痛ましい姿を見て、ヨンソンとヨンミはどうしてよいかわからず互いに顔を見合わせた。先に話を切り出したのはヨンミのほうだった。

「なにか食べる?」

ヨンギョンは首を横に振った。

「スファンさんの具合はどう?」

「変わりないわ」

ヨンギョンは窓の外を見ながらうわの空で答えた。

「悪くなってはないの?」

ヨンギョンはこれまたご立派な質問だとばかりに、前に向き直って姉たちの顔を順番に見つめた。

「悪くならないはずがないでしょ。いったん悪くなりはじめたら、手のつけようもなくなる病気なのよ」

その病気のことなら聞き飽きたというようにヨンソンが首を横に振るのをヨンギョンは見逃さなかった。

「ヨンソン姉さんはここになにしに来たの？」

ヨンソンが慌てて表情を変えた。

「なにしにって、あんたに会いに来たんじゃないの」

ヨンギョンが笑った。

「姉さんも年とったね。演技がわざとらしいよ」

「なんてこと言うの、ヨンギョン。姉さんは本当にあんたのこと心配してるんだから」

ヨンミが言った。

「ヨンミ姉さん、お願いだから心配するんだったら家でしてくれる？　わざわざ苦労してここまで来ることないでしょ」

「ヨンギョン、あんたって子はまったく」

ヨンソンがあきれたように舌打ちをした。

「あたしがまったくなんだっていうの？」

「ここのスタッフさんに聞いたんだけど、あんた、このまえも一週間、外出してたんだって？　帰ってからまだ半月なんでしょ？　半月も経たないのにまたこうなの？　あんたの大切なスファンのためにも心をいれかえなきゃ」

ヨンギョンはまた窓のほうに視線を投げた。二人は顔を見合わせた。ヨンミが何も言うなと目配せをすると、ヨンソンは仕方なくうなずいた。ヨンギョンがぼろっとつぶやいた。

「半月……半月も経っていない、ですって。そうじゃないのよ、この病気は。もう半月も経っている、なのよ」

ヨンギョンはしばらく黙っていたが、突然いいことを思いついたかのように姉たちのほうを見た。

「つまり……」

ヨンギョンがそう言うと、ヨンミが身を乗り出した。

「なに？　ヨンギョン。言いたいことがあるんだったら言ってみなさいよ」

「だから……」

ヨンギョンが低くうなるような声で言った。

「あたしが一週間外出して、帰ってきてから半月経ったということは、姉さんたちはいったい何日ぶりにここに来たわけ？」

ヨンミが罪人のように手を合わせた。

「わたしの体調がしばらく悪かったのよ。それで来られなかったの。姉さんは来たがってたんだけど、わたしが運転できなかったから。ごめん」

ヨンギョンはハハハと笑った。ヨンミとヨンソンもつられて無理やり笑みを浮かべた。

「いつだってそう。あのときだって。いつも正しいのは姉さんたちで、ちゃんと理由があるのよね。いいからもう帰って」

ヨンギョンがさっと立ち上がり、ヨンミもつられて立ち上がろうとしたが、低い悲鳴を上げながら膝を押さえた。

「ヨンギョン、ちょっと待ちなさい。なんてこと言うの。姉さんだってもう若くないのよ。ここまで来るのもやっとなんだから」

「ああそうですか。ヨンミ姉さん、その膝でここまで運転してくるの大変だったでしょ？　その車に乗ってきたヨンソン姉さんもご苦労さま。気が向いたときだけやってきて、人のことバカにして。ここはお弁当持ってピクニックに来るようなところじゃないん……」

ヨンギョンが息を詰まらせると、ヨンミの目もとが赤くなった。

「ヨンミ姉さん、帰って！　ヨンソン姉さんも！　はやく！　罵声をあびせたくならないうちに」

ヨンギョンの犬を追いはらうような口調と仕草に驚いて、ヨンソンが胸に手をあてため息をついた。

「ああ、天にましますわれらの父よ！　こんな子が学校で教えてたなんて」

ドアに向かうヨンギョンの耳に、ヨンミのかぼそい叫び声が聞こえてきた。

「ヨンギョン、お祈りして！　姉さんも祈るから。神様はあんたのこと、愛してらっしゃるわ！　いつまでも……」

スファンはヨンギョンと相談して、健康保険に加入するために、信用回復の手続きを踏むことにした。彼は自分にいくら借金があるのかおおよそは知っていたが、返済金額についてはまったく知らなかった。歳月には二面性がある。歳月が流れたら利子も膨れるが、長い歳月が流れることで借金が不良債権になっている場合もある。スファンは後者であることを願ったが、複雑な法的問題が絡み合い、負債金額はほとんど帳消しにはならなかった。

スファンはヨンギョンともう一度相談し、信用を回復するかわりに自己破産をすることにした。自己破産をしても健康保険には加入できるらしい。破産宣告後、二人は婚姻届を出し、おなじ健康保険に入ったが、その間に、スファンの症状は急激に悪化した。総合病院の診療を受けたときにはすでに炎症が脊髄にまで及んでおり、一人では満足に歩けない状態だった。しかも入院したとたん、待ってましたとばかりにありとあらゆる合併症を引き起こした。

一年前、スファンはヨンギョンと相談し、病院の治療をあきらめ、老人と重症患者を専門に診る地方の療養院に入った。施設がいいぶん入居費は高いが、幸いにもヨンギョンの貯金でまかなうことができた。ヨンギョンはソウルのアパートで、スファンは地方の療養院で、それぞれふた月ほど暮らした。二人が同居生活をした十二年間のうち、離れて暮らしたのは唯一このときだけだった。

ヨンギョンは病室の窓辺に立って、本館の裏庭を見下ろしていた。

「ご機嫌ななめだね」

ベッドで横向きになっているスファンが訊いた。

「ううん」

ヨンギョンはふり向きもしないで言った。

「面会はどうだった？　義姉さんたちはどう？」

「どうって、いつものとおりよ」

「元気だった？」

「知らないわよ！　元気なんじゃないの？」

「なんだよ、その他人事《ひとごと》みたいな言い方。義姉さんたちだってもう若くないんだから、いつもいつも元気じゃいられないだろう」

「そうね。ヨンミ姉さんは膝がそうとう悪いようだし。ヨンソン姉さんは心臓もよくないし、頭も痛いみたいだし、白内障やらなにやらで悪いところばかり。でも、あたしたち、他人《ひと》のことを心配している場合じゃないでしょ？」

　スファンは何も言えなかった。ヨンギョンは窓から、裏庭に向かって車椅子を押している老いた女性のうしろ姿を見た。車椅子に乗っている人はよく見えないが、おそらく老いた男性だろうと彼女は思った。

「僕からもよろしくと伝えてほしかったな。それで、義姉さんたちはなんて？」

　スファンがかすれた声でたずねた。

「相変わらずおんなじことばかり言ってる」

「うちの母さんだって、いつもおなじこと言ってるじゃないか」

「それとこれとは違うでしょ」

「うちの兄貴みてみろよ。親と兄弟は違うのさ」

「スファン、神がかってるね」

「機嫌悪いなあ、〇《パン》ギョン（ヨンもパンも零《ゼロ》という意味になるのをもじっている）」

「そんなことない」

「じゃあ、僕の顔を見てよ」

「あなたがよくわからないこと言うから……」

ヨンギョンが向き直った。

「また泣きたくなるじゃないか」

スファンが硬くなった手を動かして、こっちにおいでと手招きした。ヨンギョンは彼のベッドのそばに行き、目を伏せた。午前、面会に来たキスンが握りしめて泣いていた——勝手に生えてきた低木のような——ゆがんだ白い指に涙がぽつりと落ちた。

「悲しくて泣いてるんじゃないわよ」

ヨンギョンが言った。

「僕は悲しくても泣けないよ」

スファンが言った。

「すごいカップルよね、あたしたちって」

「そうだね。きみはすごいよ。よく我慢したね。行っておいで」

ヨンギョンの濡れた目に生気が宿った。

「ほんとにいいの？」

「僕はかまわないよ」

ヨンギョンはそれ以上訊かずに、きっぱりと言った。

「よかった」

「よかった、〇《パン》ギョン。心配しないで行っておいで」

ヨンギョンが涙をぽろぽろと流した。

「あたし、行かないって言いたいんだけど、無理みたい。スファン」

「だから行っておいでよ。ただし、あまり長くならないように」

ヨンギョンが涙をふきながら早口で言った。

「長くならない。三日、ううん、二日で十分。二日したら帰ってくるから。一晩だけ寝たら帰ってくるね、スファン」

それを聞いてスファンはにっこり笑おうとした。


スファンとヨンギョンが離れて暮らした二カ月のあいだに、スファンの病状は目に見えて悪くなったが、ヨンギョンの病状はさらに悪化していた。二カ月後、ヨンギョンは伝貰《チョンセ》*1だったアパートを月払い《ウォルセ》にし、その分の保証金を自分の入居金にあて、スファンのいる療養院に移った。

ヨンギョンの病名は、重度のアルコール依存症、肝硬変《かんこうへん》、深刻な栄養失調、だった。こうしてリウマチ患者とアルコール依存症の患者の危《あや》うい同居が始まった。療養院のスタッフたちは、とりわけ夫婦仲がよくて可愛らしい反面、火薬のように危っかしい彼ら夫婦を「アルリウカップル」と呼んだ。

離れて暮らさずにすむようヨンギョンが療養院に入ったあとも、二人は出会いと別れをくり返した。療養院では酒は飲めない。ヨンギョンはこっそり飲んでいるところを二度も見つかり、つぎにまたこのようなことがあったら即、退院処置をとるという警告を受けた。そのためヨンギョンは嘔吐と不眠、痙攣《けいれん》、譫妄《せんもう》の症状に苦しみ、我慢の限界をこえると外出届けを出して、療養院の外で酒を飲んだ。夫のスファンは彼女を引きとめるどころか、何よりもヨンギョン本人の意志を尊重したため、担当医もなすすべがなかった。初めのころは日帰りだったのが、そのうち二日になり、ときには三日後に帰ってくることもあった。このまえは、午後に面会に来たヨンソンの言ったとおり、一週間過ぎたころに帰ってきた。


スファンとヨンギョンはそれぞれ病気が異なるため、担当医も違っていた。両方の医者が口をそろえて言うように、「アルリウカップル」は、急激に悪化する可能性の高い、高危険群に属する患者だった。そのため二人とも別棟ではなく、重症患者のための本館の病棟に入居していた。

ヨンギョンは宿所で外出のための支度をしてから、スファンの担当医に会いにいった。医者は席を外していた。ヨンギョンは少し待とうかと思ったが、部屋をそっと出た。スファンの病状についてよくない話を聞くのはつらすぎた。聞いたところでどうすることもできない。それに彼女が今日、外出するのは、スファンの許可済みだから、朝日が昇り夕日が沈むのとおなじように、いや、それよりももっと堅固でゆるぎのない現実なのだ。ヨンギョンは早足で自分の担当医に会いにいった。外出するためには、スファンの担当医には会わなくてもいいが、自分の担当医には必ず会わなければならない。

ヨンギョンの担当医は言ったところで無駄なことを並べ立てた。患者の意志だけでは無理だ、夫なり兄弟なり誰か保護者を立てて強制的に入院をさせなければならない、保護者の同意なしには外出できないようにして治療を受けなければならない、いまのように出たり入ったりしていては何の効果もないなど、耳にタコができるほど聞いた話をくりかえした。ヨンギョンはいつものように、考えてみますとだけ答えた。医者はため息をつき、外出届けにサインをした。ヨンギョンは、今日の担当医はなぜか自分を敵対視しているような気がしたが、もしかすると自分の病気の、また別の症状かもしれないと思った。

ヨンギョンが病室に入ると、スファンは眠っているように見えた。ヨンギョンがそっと近づいていき手を握ると、スファンは目を開けた。

「出かけるのかい？」

「ううん」

「やめたの？」

「ううん、もう少しして、最終バスの時間に合わせて出かけるつもり。それまで本、読んであげようかと思って」

「そうなんだ」

「大丈夫？」

「うん、大丈夫。読んでよ」

ヨンギョンはかばんから本と眼鏡を取り出した。ずいぶん昔の、縦書きの『復活』だった。

「さっき面白いところがあってね、あなたに読んであげようと思って折っといたの」

「うん、ありがと」

ヨンギョンは左手を右手のひじに添え、震える手で眼鏡をかけ、本をスファンの脇腹あたりのシーツに立てかけた。そして折っておいたページを開いた。

「ある政治犯に対してトルストイが説明をする場面よ」

「うん」

ヨンギョンは手さぐりでスファンの手をつかんで、本を読みはじめた。

「ノヴォドヴォーロフはすべての革命家から尊敬されており、非常に学問もあり、きわめて聡明《そうめい》な人物と考えられていたにもかかわらず、ネフリュードフは彼を精神的資質からいって中程度以下の、自分よりもはるかに低い革命家たちの部類に入れていた[*2]」

ヨンギョンは読み進めた。名前も発音しづらいノヴォドヴォーロフという革命家は、トルストイによると知力はたいしたものであったが、自惚《うぬぼ》れの強い男だったので、結局は使えなかったというのだった。その理由として、知力が分子なら自惚れは分母で、分子がいくら大きくても分母のほうが計り知れないほど大きければ、分子を超えてしまうからだ。

本を読み終えたヨンギョンはスファンを見た。

「分子、分母か。頭にすっと入ってくる説明だね」

スファンが言った。

「でしょ？　ときどきトルストイに魅せられるのは、こういう一文があるからなのよね」

ヨンギョンはスファンの手を握ったまま、片手で眼鏡をはずそうとした。ところが手は眼鏡のフレームをつかめそうでつかめず、宙で小刻みに震えた。数日前に手足にひどい痙攣を起こしてから、彼女の手はずっと震えていた。彼女は眼鏡をひったくるようにして外し、こう言った。

「考えてみたんだけど、この比喩はすべての人に当てはまるんじゃないかしら。分子にその人のいい点を置いて、分母に悪い点を置くと、その人の値打ちがわかるというわけよ。いくら長所が多くても、短所のほうが多ければ、その人の値打ちは1より小さくて、もし逆なら1より大きいのよ」

「つまり1が基準になるわけだ」

スファンが言った。

「そう。人間はみんな1より大きいか小さいかどちらか、かもね」

「君は頭がよすぎて、セクシーなときがあるよ」

ヨンギョンはフッと笑った。

「そう？　でもめったにないのが玉にキズよね。ねえ、あたしたちはどうかしら。1になると思う？」

「さあ」

スファンがそう言うと、ヨンギョンがつぶやいた。

「あたしの病気は、分母を計り知れないほど大きくしているわよね」

「そんなことない。君はいまも分母より分子のほうがずっと大きいよ」

「ほんとうにそうかしら」

ヨンギョンが寂しそうに笑った。

「ほんとうにそうだよ」

「でもね、スファン。みんなあたしの病気を病気だと思っていないような気がするのよ。お医者さんだってそう。そんなとき、とっても萎縮してしまうの。あなたはどう？　1になれそう？」

「それは君が決めてよ」

「いいわ。帰ってきてから決めてあげる」

「うん、そうしよう」

スファンはそう答えたものの、実は自分の病気こそが分母を無限に膨らませているのではないか、そのために、自分の値打ちは1より小さいのはもちろん、限りなくゼロに近づいているのではないかと思った。いや、必ずしも病気のせいだけではない。四十三歳のときに出会って、酔った彼女をおぶって家まで送ったこと以外、ヨンギョンに何をしてやったのだろうか。分母がこんなに膨らむ前から、分子はすでにごくわずかだった。だが、いまそんなことをヨンギョンに言ってみてもしかたない。ヨンギョンが気持ちよく外出できるようにしてやれば、自分の分子も少しは膨らみ、自分の存在感も少しは大きくなるのではないか、とスファンは思った。

スファンは二十歳で鉄の仕事を始め、それから十年以上、旋盤、切断、溶接、製缶など、鉄を扱ういろいろな技術を身につけた。三十三歳のとき友人とはじめた小さな鉄工所は、工業規模にまで成長した。工場がうまく回っているときは儲けもあったのだが、ある日突然、横暴な取引先に販路が閉ざされ、不渡りを出してしまった。そのころ偽装離婚を提案したスファンの妻は、離婚するなり自分の名義に変えていた家と財産をすべて売り払い、行方をくらました。外国に逃げたという噂も流れたが、それも確かではなかった。幸いにも二人に子どもはいなかった。三十九歳で不良債権者になったスファンは、以来ずっとまともな稼ぎが得られない。単純な営業職や、宅配サービス、代行運転など、手当たりしだいに仕事をしてきたものの、パニック障害を起こして働けなくなったこともあれば、ひと月ほどホームレス暮らしをしたこともあった。その後は先輩や友人のつてを頼って生計を維持し、友人の再婚式でヨンギョンに会うまでは、いつでも死ねるという思いを短剣のごとく胸に抱いて暮らしてきた。その刃《やいば》が鈍らないように、夜になると自殺するタイミングをうかがいながら、歯を食いしばって日々耐えてきた。

一方、ヨンギョンは二十三歳で中等教育の国家試験に合格し、国語の教師として二十年間勤め、四十三歳で退職した。三十二歳のとき結婚し、一年半後に離婚した。夫は離婚した直後に、他の女性と結婚した。彼は親の反対を押しきって、生まれて百日ほど経っていた息子の親権をヨンギョンにゆずった。ただし、ひと月に一度、息子を自分の親に会わせることを要求し、ヨンギョンもそれに合意した。ところが子どもがもうすぐ一歳になるというころ、彼の親が、今後は自分たちが子どもの面倒をみるから心配するなと言ってきた。そして、こっそり子どもを連れて海外に移住してしまった。警察に誘拐届けを出し、訴訟を起こそうとしていたヨンギョンに、姉のヨンソンは、こうなってむしろよかったのだと言い、ヨンミは泣きながら、いっしょに神様にお祈りしましょうと言った。このことがあってからヨンギョンは姉たちと会おうとせず、すべてを放り投げて酒を飲むようになった。しだいにアルコールに依存するようになり、遅刻が目立ち、学校の仕事もおろそかになった。評判はすでにどん底に落ちていたし、教師として勤まっていないという罪の意識もあって、四十三歳のとき、仕事をやめた。友人の再婚式でスファンと出会ったのは、退職してから二、三カ月経ったころだった。ヨンギョンは酒を飲みながら、ずっと近くにすわっているスファンの目をのぞき込んだ。彼が静かに背中を差しだしたとき、彼女は酔った意識のなかで、こんな自分にもまだ幸運がめぐってくるものなのかと、驚きつつも意外に思ったものだった。

療養院は本館と別棟の二つの建物でできている。規模が大きく立派な本館には、入院患者の病室と、いつ入院するかわからない重症患者の宿所があり、外観はペンションのような別棟二軒には、療養院のスタッフと一般の療養患者の宿所と休憩室、スポーツ施設などがあった。広い駐車場の隅には救急車が二台停まっている。正門近くにはこぢんまりとした庭があり、本館の建物を包む裏山には、景観のよい庭園に散策路が設けられていた。

一人の青年がスファンの乗った車椅子を本館のロビーまで押してきた。彼はヨンギョンに言った。

「二人きりにしてあげるね、アジュンマ《おばさん》」

「ありがと、ジョンウ」

ジョンウはヨンギョンが外出するあいだ、スファンの面倒をみる介護人だ。ジョンウがまだすぐ近くにいるのに、ヨンギョンはかがんでスンファンにキスをしようとした。スファンは顔をそむけた。

「なによ、気持ちが冷めちゃったの？」

ヨンギョンがおどけたように訊いた。

「いや、口が臭いから」

スファンが口に手をあてて言った。

「それがなに？　口が乾いてるだけじゃない」

「今日にかぎってやたらしょっぱくて苦いんだ」

「あたしは気にしないわよ」

「僕がイヤなんだ。甘くはなくても、味がついているくらいにはしておきたいね」

「まったく面倒くさいんだから。あたしがお酒のにおいをさせてるときは、あなたのそばにも行けないわね」

「そんなんじゃないよ」

「うそ」

「僕はまだ〇《パン》ギョンの前でカッコつけていたいらしい。きみが帰ってくるまでには、なんとしてでも味つけしておくから」

「じゃあ、あなたがして」

ヨンギョンがげっそりとこけた頬を差しだした。スファンは息を止めて、ゆっくりとヨンギョンの頬に唇をあてた。

「行ってくるね」

「行っておいで」

スンファンは幽霊のように歩いていくヨンギョンの痩せ細ったうしろ姿を見ながら、彼女が帰ってくるまで果たして自分は持ちこたえられるだろうか、彼女は無事に帰ってこられるだろうか、と考えた。ヨンギョンが外出するたびにそう思う。ヨンギョンは二日経ったら帰ってくると言ったが、ここ最近、二日目に帰ってきたためしはなかった。三日目でもなく、四日目でもなく、このまえは一週間後に死人のようななりで帰ってきた。スファンは、もしかするとこれが最後になるかもしれない、と思ったが、合併症のシェーグレン症候群のため、リンパ腺が干上がって涙が出ない。

ジョンウが戻ってきて車椅子のグリップを握った。

「戻ろうか、アジョッシ《おじさん》」

「いや、もう少しここにいよう」

「わかった」

ジョンウの体からうっすらと煙草の匂いがした。スファンが近所の病院でリウマチだと診断されて煙草をやめたのは二年前だった。やめる前まではいわゆるヘビースモーカーだった。ふと、煙草が吸いたくなった。

「ちょっと散歩しようっか?」

ジョンウが訊いた。

「いや、ここにいるよ」

「つらくない?」

「いまのところ大丈夫だ」

「あんなきつい注射うったくせに、平気なふりなんかしちゃってさ」

ジョンウがぶつぶつ文句を言った。

「そうでないと行けないんだよ、彼女」

「なら行かなきゃいいんだ。担当のお医者さんだってすごく怒ってたのに」

「ジョンウ」

「はい?」

「つきあってる彼女になにかプレゼントしたことあるかい?」

「ありますよ。あ、でも俺、プレゼント選ぶの苦手なんだよなあ」

「どうして?」

「なに買ってやればいいかわかんないし。なんで、なぜ急にプレゼント?」

「いや、訊いてみただけだ」

しばらくしてジョンウが言った。

「アジョッシ、これってプレゼントなんかじゃないよ。今日みたいにしょっちゅう出ていくのって、アジュンマにとってもよくないんだから」

「分母《ブンモ》はどうにもできないから、分子だけでも膨らませたいんだ」

「なに? 両親《ブモ》って?」

「いや、なんでもない」

スファンは初めてヨンギョンに会った春の日を思い出した。ウェディングホールの人混みのなかにいるときから、彼はヨンギョンを意識していた。化粧はしていたが、ヨンギョンの目もとには双眼鏡の跡がついたような深い彫りがあり、頬はやわらかい巾着袋のように弛《たる》んでいた。ホームレス暮らしをしたときの仲間の顔を思い出した。再婚した友人の家に押しかけていったとき、スファンはヨンギョンのそばにすわった。酒に酔ってくると、ヨンギョンの顔は赤くなるというよりは灰色がかり、表情はしだいにこわばって、生乾きの石膏像のように見えた。酔った目でときどき彼の目をのぞき込んだ。スファンは酔いつぶれた彼女を背中にのせたとき、彼女の体がいまにもガラガラと音を立てて崩れてしまうのではないかと心配になるほど、痩せこけて骨と皮だけになっているのに驚いた。その春の宵が始まりなら、この春の宵は終わりかもしれない。スファンは鎮痛剤が切れるまで、ヨンギョンの姿が消えた地点を眺めていた。

ヨンギョンは終バスに乗って町に着くと、コンビニに入ってビール二本と焼酎一本を買った。店のスタンドでまずビールを開けて一口飲み、缶の小さな飲み口に焼酎をついだ。一口飲み、また焼酎をついだ。そうしてビール二本と焼酎一本を空けるのに三十分とかからなかった。悪寒に震えながらも、腹のなかはカーッと熱い。きつく締まっていたネジがゆるゆると解け、愉快で気だるい生命感で満ちあふれた。これらは中毒になった体が起こす偽《いつわ》りの反応なのだが、そんなことはどうでもよかった。腹を空かせた赤ん坊が乳に吸いつくように、彼女の体はさらに多くのアルコールを吸収したがった。

ヨンギョンはカップ麺と、焼酎をもう一本買った。麺に湯を注ぎながら、これはまだ始まりにすぎないのだから慌てるんじゃないと自分を戒《いまし》めた。〈もどかしいからとて慌てるな。〉ヨンギョンは小さな声でつぶやいた。〈川面《かわも》に映った光のような／赫々《かくかく》たる業績など望むな／犬が鳴き、鐘が鳴り、月が昇ろうとも／おまえは少しもうろたえるな。〉彼女は自分の声がだんだん大きくなっていることに気づいていなかった。ブツブツ言いながら焼酎を飲み、カップ麺を食べている彼女を、周りの人々は横目で見た。

ヨンギョンはカップ麺と焼酎一本を平らげたあと、菓子一袋とペットボトルの焼酎、ミネラルウォーターを買ってコンビニを出た。〈目を開けない土のなかの虫のように。〉彼女は大声で叫びながら歩いた。〈愚かで貧しい心よ、慌てるな！　もどかしいからとて慌てるな！〉そして小さなモーテルの入り口に立ち止まった。〈節制よ！　わたしの可愛い息子よ！　おお、わたしの霊感よ！〉急にスファンに会いたくなった。午後、面会に来たヨンソンとヨンミのことも思い出した。もしあの子が生きてたら、と思いかけてヨンギョンは首を横にふった。ろうそくのような白い蕾《つぼみ》をつけた木蓮の木の下で、彼女は声をあげて泣いた。泣いているときも、自分は悲しくて泣いているのではない、感情をコントロールできない障害があるために泣いているのだと思った。医者は彼女の身体的、感情的な反応はすべて偽りだと言った。そうかもしれない、と彼女は思った。モーテルの部屋に入ったらまずスファンに電話をしよう、それから姉さんたちにも電話をしよう。今晩だけ、ひと晩だけ飲んで、それから療養所に帰ろう。そうできるし、当然そうするつもりだった。痩せ細った体に酔った血がめぐりはじめると、彼女の目にはすべてのものが単純明快に映った。手の震えも止まり、すぐにでも深い眠りにつけるような気がした。ヨンギョンはモーテルのロビーの階段を上りながら、詩の最後のフレーズを一文字一文字、くり返し読みあげた。

〈せ・つ・せ・い・よ・わ・た・し・の・か・わ・い・い・む・す・こ・よ・お・お・わ・た・し・の・れ・い・か・ん・よ〉*3

ジョンウは介護人としての自分はなんと無力なのかと思った。医者の最終処置も終わった。額《ひたい》と胸と両脇に冷却パックをぎっしり敷きつめたが、スファンの熱は下がらなかった。

「アジョッシ《おじさん》、俺の声、聞こえるか?」

スファンは苦しそうに喘《あえ》いでいた。

「アジュンマ《おばさん》とは連絡がつかないんだけど、アジョッシのお母さんと兄さんは来るって。それまで待てるよね?」

ジョンウは無駄だとわかっていながら、三十分ごとに電源の切れたヨンギョンの携帯に電話をかけ続けた。ソウルにいるスファンの家族は何時に着くのだろう。三時間後? それとも四時間後?

窓から朝日が差しこみ病室は明るかったが、ジョンウは無性に怖かった。介護人になってから、まだ一度も誰かの死に一人で立ち会ったことがなかった。多かれ少なかれ、病人のそばにはいつも家族がついていた。

「なにか話、でもしようか」

　ジョンウは死を目前にしたときに最後に残るのは聴覚だという話を思い出し、こう言った。しかし何を話せばよいのかわからなかった。

「ここの人たちがアジョッシとアジュンマのこと、なんていってるか知ってる？　生き別れ家族だって。朝になると離ればなれになってた二人が会うだろ？　だから。俺、アジュンマのことあんまり好きじゃないけど、ときどきアジョッシをじっと見つめている姿を見ると、思わず涙が出るんだ。あ、そうだ、このまえプレゼントの話してたよね？　彼女にプレゼント送ったことあるかって」

　ジョンウは心拍変動測定器のグラフを見ながら考え込んだ。なぜ急にあの子の顔が浮かんだのか不思議だった。

「女ってプレゼント好きだよな。面と向かって、あれがほしいって図々しく言うときだってあるし。でも一度もなにかを買ってくれって言わなかった子がいたんだ」

　ジョンウは横目でスファンを見た。スファンはなおも高熱にうなされていた。担当医の話では、周期的に上がったり下がったりする熱のレベルではないらしい。

「あー、一人でしゃべるのってじれったいな」

　ジョンウは声を張りあげた。

「俺、大学のとき、スポーツやってたんだ。この話、したよね？　重量挙げはかなりいけたほうで、大会に出て入賞したこともあるんだ。そのうち今度はボルタリングにはまっちゃって。あれってすごく面白いんだよ。その同好会で女の子たちと知り合ったんだけど、俺、初めは他の子が好きだったんだ。でもその子があいつと仲がよさそうだったから、あいつに接近して冗談言ったり、好きなものはなんだ、なにかほしいものはあるかって訊いたりしたんだけど、あいつはなんにもないって言うんだ。だから、ふーん、そうなんだって思った。どっちみち俺は他に好きな子がいたから」

ジョンウは突然口をつぐみ、すっと立ち上がると、窓のほうに歩いていって本館の裏庭を見下ろした。しばらくして彼はスファンのほうをふり返った。

「ちょっと煙草吸ってきてもいい？」

高熱で吊り上がっているスファンの黒い瞳が、左右にそっと揺れたような気がした。

「わかったよ、アジョッシ」

ジョンウはあきらめた顔をして戻ってきた。

「さっきの続きだけど、俺がもともと好きだった子がある日突然、俺に接近してきたんだ。その子は俺があいつとつきあってると思ったらしい。なぜだかわかんないけど、俺、そうだって言ってしまったんだ。そうだ、俺はソヨンが好きだ、文句あるかって。そしたら笑っちゃうよな。あいつ、俺につきまとうようになったんだ。ここであいつってのはソヨンじゃなくて、俺が好きだった子、ウンギョンのこと。あーもう、俺、なんでこんな話してんだ」

ジョンウは手の関節を鳴らしながら、しばらくぼんやりしていた。ドアの隙間から年老いた看護師が通りすぎるのが見えた。療養院の人たちは、入居者だけでなく、医者も看護師もスタッフもみんな歳をとっていた。若いのは力仕事をする介護人たちだけだった。ジョンウは、自分はいつまでここにいられるのだろう、と思った。

「あのときすぐウンギョンとつきあえばよかったのに、理由はわかんないけど、そのあともずっと俺、ソヨンのことが好きなふりをしてたんだ。ウンギョンがやきもち焼いてるのが面白かったから。ソヨンの気持ちなんて考えなかった。あいつのことなんか。俺、ひどいよね？」

ジョンウはふと思い出したように、携帯を取りだして電話をかけた。

「アジュンマ、ほんとひどい人だよ」

それからスファンをちらっと見てうなずいた。

「わかった、わかったって。アジュンマのこと悪く言わないから。でも一つおかしなことがあるんだよな。俺がなんでこんな話をしてるかっていうと、アジュンマが泣いてるのを見ると、ソヨンのことを思い出すからなんだ」

ジョンウは心拍変動測定器から聞こえてくる機械音に耳を傾けながら、いま誰かが自分のそばにいてくれたらいいのにと思った。それがソヨンだったらどうだろうとも考えた。

「そのあとウンギョンとつきあうことになってさ、ソヨンに別れようって言ったんだ。ああ、あのとき俺、ほんとビクビクしたよ。ソヨンがわーって泣きだすと思ったから。でもあいつ、泣かないんだ。いまにも泣きそうな目をしてるくせに、最後まで泣かなかった。ただ、いいよ、別れようって。もしかしてこいつ、とっくに俺の気持ちに気づいてたんじゃないかと思うと怖くなったけど、でもメソメソしなくてよかったって思ったり、とにかく変な気持ちだった。家に帰るって言うからタクシーをつかまえてやってたんだけど、そしたらあいつ、突然、鼻血を流すんだ。俺、あんなにだらだら鼻血が流れるの初めて見たよ。夜中に、なんにもしてないのに、鼻血がだらーっ……」

ジョンウは言葉が続かなかった。スファンの息が急に荒くなったかと思うと、また落ち着いた。

「鼻血がだらーって……」

スファンの喉がグォッと音を立てた。

「鼻血が……」

心拍変動測定器のグラフが横一直線になり、機械音が長く鳴り響いた。

「アジョッシ」

ジョンウは数秒のあいだ待った。

「アジョッシ、しっかりしろ！」

ジョンウは鋭く言い放ち、非常ボタンを押した。

「アジュンマはどうすんだよ！」


モーテルの主人の通報で意識を失ったヨンギョンが療養院の救急車で運ばれてきたのは、スファンの葬式が終わったあとだった。彼女は二日後に意識を取り戻したが、完全に戻ったわけではなかった。ヨンギョンはスファンのことを何ひとつ訊かなかった。スタッフたちもスファンについて話さなかった。ヨンギョンを治療した担当医が、怒った顔で電話をしているのを数人の看護師が見た。つぎの日、ヨンソンとヨンミが療養院にやってきたが、ヨンギョンは二人が誰だかわからなかった。法定代理人であり保護者である二人の姉の同意で、ヨンギョンはアルコール性認知症による禁治産者となった。その後、ヨンギョンはたび重なる痙攣や発作などのひどい禁断症状に苦しんだが、幸いにも彼女の体は危険な状態を無事に乗りきった。

体調がある程度回復したあとも、ヨンギョンはやはりスファンのことを思い出せなかった。ただ自分の人生において、何かとてつもなく大きなものが蒸発してしまったことだけは感じているようだった。彼女はいつも何かをさがしているかのようにキョロキョロと見回したり、他の病室を勝手に開けて入ったりした。療養院の人たちは、スファンが死んだときに連絡のつかなかったヨンギョンに対して抱いていた強い敵意が、じっくりと煮込んだ大根のようにやわらかくなり、深い同情と憐れみに変わっていくのを感じた。認知機能がそうとう衰えていたはずなのに、スファンを無事に見送るまで、死にもの狂いで耐えていたことを、そしてスファンが逝ってしまったとたん、安心してすべてを忘れてしまったことを、老いた彼らは本能で知っていた。

ときどきヨンギョンの目の前に、大人びた少年や、追われている獣を思わせる、びっくりしたような顔の中に二つの瞳が浮かぶことがあった。そんなときジョンウが、いったいどうしたんだ、なにがあったんだ、といくらたずねても、ヨンギョンはいつまでも泣いているのだった。

＊1　住居を賃貸する場合、一定の保証金を払った上で毎月決められた家賃を払う月払い《ウォルセ》と、入居時に賃貸する物件の価格の六〇〜七〇％を保証金として払う伝貰《チョンセ》の方法がある。保証金はいずれの場合も退居時に返ってくる。

＊2　『復活（下）』（トルストイ著　木村浩訳　新潮文庫）参照

＊3　金洙暎《キムスヨン》（詩人　一九二一〜一九六八年）の詩「春の宵」より（一九五七年）

三人旅行

公営駐車場の入り口で九時に待ち合わせたはずだったが、九時五分になったとき、キュはフニに電話をし、出発をあと十分遅らせてほしいと言った。外はずいぶん冷えこんでいたので、フニはすぐ隣のコーヒーハウスに入り、まずいコーヒーを飲みながら、ガラス越しに駐車場の石垣を眺めた。

石垣に埋めこまれた灰色の石は、形といい大きさといい、どれも同じだったが、表面に刻まれた模様は、意味不明のアンバランスなものだった。二本の平行な線が斜めに引かれ、左側には小さな四角形、右側には長い楕円の模様があった。子どもの落書きにしか見えない拙《つたな》い模様の石が、一つや二つどころか、数十個も積み上げられている。コーヒーは冷めるにつれますますまずくなった。それにしてもキュの言い方は妙だった、とフニは思う。出発を十分遅らせてくれというのは、キュとジュラン夫婦が約束の時間に十五分遅れるという一方的な通告なのに、あたかも提案か相談でもするような形をとっていた。まだ二人のことを夫婦と呼んでいいのなら。

彼らの車は九時十八分に公営駐車場の入り口に着いた。いつものように妻のジュランが運転をし、キュは助手席にいた。フニがうしろのドアを開けると、ジュランがふり返って、遅れてごめんねと言った。フニは黙って乗りこんだ。

出ようとした矢先にキュが家に戻らなきゃっていうのよ。

コーヒーメーカーのスイッチを切り忘れたんだよ、と言うキュのうしろの髪がつぶれていた。

ゆうべも飲んだのか？

飲んでない。

ジュランがルームミラーでうしろにいるフニと目を合わし、本当よ、と言った。

飲まなかったからなんだよ！　だから眠れなかったんだ！　キュが乱暴に目をこすった。キュは目覚ましに淹れた濃いめのコーヒーを一杯飲み、コーヒーメーカーのスイッチを切ろうとしたときに、マントが見当たらないとジュランが大騒ぎしたから、あと回しにしているうちに消し忘れたというのだった。あんたはなんでも人のせいにするんだから、とジュランが鋭く言い放つと、キュは、人のせいにしてるんじゃなくて自分にも事情があったことを説明しているのだと言った。

いいから早く行こうぜ。

フニがそう言うと、ジュランは車を出した。彼らは都心を迂回して江辺北路《カンピョン》（都市高速道路）を走った。道路の脇を川の水がキラキラ輝きながら流れている。朝めしはどうする？　と訊くキュに、ジュランは、あの食堂に着くまで辛抱してよ、と言った。

あの食堂って？

フニがたずねると、キュが、原州《ウォンジュ》に参鶏湯《サムゲタン》のうまい店があるのだと言う。

その店の唯一の短所といえば、一度食べたら他の店じゃ食えなくなるってことかな。

ただの鶏肉だろ？

キュがふり返った。

そう。とくべつな味を想像しないで、鶏そのものの旨《うま》みを味わうのさ。

鶏そのものの旨み？

そうだ！　鶏本来の旨みが出てるんだ！

ふり返ったキュの目は充血していた。眠れなかったというのは本当だったんだと思いながら、フニは隣にあった毛布を引き寄せて膝にかけ、背もたれに寄りかかった。トールゲートを過ぎるころには道もすいてきたので、時速百二十キロで走り続けた。新葛分岐点《シンガル》までもう少しというとき、ジュランがあーっと悲鳴を上げた。

宿泊券、忘れた！

二人の男の意見も聞かずに、ジュランは新葛分岐点をぐるっと一周して、嶺東《ヨンドン》高速道路に入るなり路肩に車を止めた。出発して二十分が過ぎていたので、引き返すとしても同じ時間がかかるだろう。こんなところに止めてどうするんだよ、とキュが言ったが、ジュランは聞こえないふりをしてドアを開けた。高速道路を突っ走っている車の轟音で車体が揺れた。

気をつけて降りろよ！

ジュランはなおも聞こえないふりをして車を降りると、バーンとドアを閉め、車のうしろに回った。ずり落ちてくるマントを肩にかけ、携帯電話の番号を押しながら、高速道路の防音壁のほうに歩いていった。うしろをふり返ったキュが、フニがマフラーを窓にはさんでカーテンがわりに垂らしているのを見て、いつのまにアラブ風に飾ったのかとたずねた。アレルギーがあるのだとフニが答えた。キュは防音壁のそばで電話をしているジュランを見ながら、きのう俺があれほど車のキーと宿泊券だけは忘れるなよっていったのに、そしたらわかった、心配しないでって言っときながらこのざまだよ、だいたいいつもこうなんだ、いま腹を立てるのはあいつじゃないだろ？　それなのに一人だけ青ざめたりしてさ——と愚痴った。

ジュランだって自分にあきれてるんだよ。

キュが驚いて、とんでもないと言った。

ジュランが自分にあきれてるだって？　さっきあいつがなんて言ったか聞いただろ？　俺が明け方まで寝ないでリビングでガサガサしてたから、気が散って忘れたんだって。俺に人のせいにするなって言っておいて、自分はなんだよ。

もうそのくらいにしろよ。

なにがそのくらいだ。俺はべつにわざとガサガサしてたんじゃない。それに、ゆうべは気がおかしくなりそうなのに、酒も飲まずに我慢したんだぞ。自分の家じゃないみたいでさ。

なにが？　とフニが訊くと、きのうの午後、荷物を運んだんだ、と言った。ああ、とフニはうなずいた。

荷物を運んだんだ。

ああ、運んだ、とキュが沈んだ声を出した。

早いな。

ああ。帰ってきてからだとヘンだしな。だから自分の家じゃないみたいで落ち着かなかったんだ。本とかＣＤを置いてた場所ががらんとしてるってのに、おまえだったら眠れるか？　なのにジュランの言い草はなんだよ、とキュが興奮して言った。寝ないでガサガサだってよ。俺は菓子の袋か？

フニは菓子袋のように一晩中ガサガサしたであろうキュを想像して、笑いをこらえた。

それで荷物はどこに運んだんだ？

とりあえず、と言いかけてキュが口を閉じた。電話をかけ終えたジュランが戻ってきた。

気をつけろ、ジュラン！

どのみちジュランの耳には届かないのに、キュは老婆が意味のない祈禱文を諳《そら》んじるかのようにつぶやいた。ジュランは車線を確かめると、すばやくドアを開けて乗った。ドアを開け閉めするあいだに、うしろからものすごい勢いで走ってきたトラックの轟音が、竜巻のように襲った。

コンドミニアムに問い合わせてみたんだけど、とりあえずこのまま行っても大丈夫そうよ。

ジュランが息をはずませて言った。宿泊券はあとで書留で送ればいい。担当の人ははっきり言わなかったが、本人であることが確認できれば泊まれるらしかった。はっきり言わなかったんだったら、無駄足を踏むことにもなりかねないよな、とキュが問いただすと、ジュランはシートベルトを締めながら、そうなったら夜中に引き返すしかないわね、と言った。キュがまたなにか言う前に、フニが話をしめくくった。

ジュランがそう言うなら大丈夫だろ。

キュは口をつぐんだ。フニはもう一度毛布を膝にかけ、背もたれに寄りかかった。ジュランは車線を変えながらスピードを上げた。車は百二十キロから百三十キロの速度で走った。引き返さなくていいとわかると安心して、実際は予定より遅れているのに早く走っているような気になった。彼らは途中でサービスエリアに寄り、離れの喫煙所にある丸くて大きなステンレスの灰皿を囲んで煙草を吸った。まるで、ドラム缶の窯で芋を焼いて食べているようだった。再び車に戻り、首に巻いていたマフラーをとって窓にはさむフニを見たキュが、インド風カーテンをつける腕前が日に日に進歩しているとほめた。さっきはインド風ではなかったような気もしたが、なに風だったかよく思い出せなかった。すきっ腹に煙草を吸ったせいで腹のなかが苦くなっていたところに、ジュランが秘密を打ち明けるように言った。

　これから行くお店の鶏肉、ほんとやわらかいのよ。

　そうそう。

　着く二十分前には予約を入れておかなきゃね。文幕《ムンマク》を過ぎるころかしら。文幕まではあと三十分くらいよ。途中で一度びっくりさせられたから、ここまで来るのにぜんぜん退屈しなかったよ。ほんと、キュ？　うん、ほんとだよ。今日はいつもと違うわね。さっきだって、あたしが宿泊券を忘れたっていってもカッとならなかったし。俺はそれっぽっちのことでカッとならないね。あくまで偽善ぶるのね。俺の本心がわからないとは残念だ。

　フニは二人の会話を夢うつつに聞きながら浅い眠りに落ち、キュが荷物を運んだということは、二人はもう夫婦ではなくなったということだろうか、ならこれから二人をまとめて呼ぶときはなんと呼べばいいのだろう、などと考えていた。

　彼らは文幕を抜けると、万鐘《マンジョン》分岐点から中部高速道路に乗り換え、南原州《ナムウォンジュ》ＩＣで高速を降り南に向かった。二回右折して、くねくねしたせまい田舎道を進むと、左手に農家を改築した食堂が見えた。庭先の縁台の脇で伏せている犬は、彼らを見ても起き上がりもしなければ吠えもしない。

　電話で予約を入れてあったので、彼らはあまり待つこともなく皇耆《ファンギ》（キバナオギの根）参鶏湯にありつけた。

ジュランがフニに味はどうかとたずね、フニはおいしいと答えた。

肉がすごくやわらかいでしょ？

そうだね。

キュとジュランは仲睦まじい夫婦のように、互いに食べたい部位を交換した。キュの首と手羽先を食べるかわりに、ジュランは足を一本、差しだした。

食事を終えて外に出ると、足を引きずりながら犬小屋に入ろうとしている犬が見えた。犬は左のうしろ足が不自由だった。小屋に入った犬は、入り口の板にあごをのせたまま、客人が自動販売機のコーヒーを飲み、煙草を吸っているあいだ、睡魔と闘いながら重いまぶたを上げたり下げたりした。やがて彼らの車が庭を出ていくと、ようやく犬小屋の床に伏せて眠った。自分たちが出ていくまで犬が朦朧とした意識のまま起きていたことについて、キュとフニの意見は違った。キュは、見知らぬ人に襲われやしないかと思ったからだと言い、フニは、見知らぬ人から主《あるじ》の家を守るためだと言った。二人とも犬が足を引きずっていたことを根拠にしていたが、キュはそれによって強くなった犬の自己防御に、フニは主人への依存と忠誠心に重きを置いた。ジュランは、可哀想な犬の過去についてなんにも知らないくせに、他人が勝手なことを言うもんじゃない、と忠告した。

彼らは再び南原州ＩＣで中部高速道路に乗り、万鐘分岐点で嶺東《ヨンドン》高速道路にコースを変えた。たしかに参鶏湯はおいしかったが、それを食べるためだけに二十五キロも遠回りするのは少しやりすぎだ、とフニは感じた。しかも万鐘分岐点を通り過ぎるとき、キュがいきなり、ここに来るといつも朴鐘哲《パクチョンチョル》＊1のことを思い出すんだよな、などと言いだすので、フニは思わず、さっき通ったときは黙っていたくせに、いまさらなぜそんなのんきなことを言うのかと問い詰めたくなった。それはだな、とキュは誰も訊いていないのに説明しはじめた。

朴鐘哲拷問致死事件が起こったとき、人々が彼の名前にちなんで、鐘を打て《チョンチョラ》、鐘を打て《チョンチョラ》、と叫んだだろ？　でもそのとき、全斗煥《チョンドゥファン》（韓国第十一・十二代大統領、任期一九八〇年―一九八八年）が対抗するように、金万鉄《キムマンチョル》一家の脱北事件を報道した。しかも彼の名前にちなんで、鐘を打つのをやめろ《クマンチョラ》、鐘を打つのをやめろ《クマンチョラ》、って風潮に変えたじゃないか。

そうだった。フニが手をたたいた。金万鉄一家の脱北事件、あったなあ。

だから万鉄《マンチョル》という地名を聞くと、万鉄《マンチョル》と鐘哲《チョンチョル》を同時に思い浮かべ、鐘を打つべきか、それともやめるべきか、迷っていたあのころがよみがえってくる。そうしているうちに朴鐘哲の四角い遺影写真が目に浮かぶんだ、とキュが言った。それはなかなか面白い連想だね、とフニが調子を合わせ、ジュランまで、それいいね、と肯定的な反応を見せた。

ずいぶんご機嫌になったところでキュは窓の前方を指さして、冬季オリンピックにそなえて高い建物が作られている、以前は背の高いクレーンが突っ立っているだけだったのに、いまは高い建物がそびえ建っている、と興奮した口調で言った。ジュランがじろっと見て、あの人たちだってべつに遊んでたわけじゃないでしょ、と言った。フニもマフラーのカーテンを開けて外を眺めた。高速道路の両脇はどこも田畑が破壊され、大小のクレーンが停まっていた。あの荒涼たる土地にはもう二度と青い生命が芽生えることもなく、すべてセメントで塗装されてしまうのかと思うと気持ちが暗くなった。最近フニはなにかを空想するとそれが現実だと錯覚してしまうことが多いのだが、年をとるにつれ共感能力が高まってきたからだろうか。それとも心も体も弱ってきたからだろうか。

フニ、見たかい？　キュが訊いた。

なにを？

二キロ先に生態湿地の休憩所があるんだ。

生態湿地？

そう。ほら、あそこ！　あそこに車を停めてひと眠りしたら、体の調子がぐーんとよくなるような気がしないか？

どうかな。体の調子がぐーんとよくなるかどうかはわからないけど、車がぐーんと錆びつくだろうな。

おまえはどうしてなにかと否定的なんだ？　だからそんなに病弱なんだよ。

フニがなにか言い返そうとしているところに、ジュランが口をはさんだ。

あたしの目にはあんたたち二人ともおんなじに見えるけどね。

え？

あんたたちは一生、総合的に考えることはできないわね。いまだってそう。一人は生態しか目に入らないし、もう一人は湿地だけ。

しばらく沈黙が流れたあと、キュが、それにしてもほんと、女には男をバカにする天賦の才能があるよな、と言って、なにが楽しいのか一人でケラケラ笑い続けた。

江陵《カンヌン》分岐点で東海《トンヘ》高速道路に乗り換え、本来ならそのまままっすぐ北上すればいいのだが、彼ら夫婦はフニに、北江陵《プッカンヌン》ＩＣで下りて江陵方面に抜け、鏡浦海辺《キョンポヘビョン》に寄るつもりだと言った。三人は、刺身屋の立ち並ぶ通りにすまし顔で建っている手作りハンバーガーの店に寄り、自分の食べたいハンバーガーをテイクアウトした。待ってるあいだ、ジュランがもう我慢できないといったようすで、ああ、おいしそうな匂い、ちょっと食べてく？　と言ったが、キュが、絶対ダメだと答えた。

ジュランが、食べたいのを何時間か我慢するだけなのにつらいわよね、とため息をついた。彼女が車を取りにいっているあいだ、フニが興味ありげな顔で訊いた。

どうしてダメなんだよ。

晩めしはびっくりするほどうまい赤ガニを食うことになってるんだ。キュが言った。

晩めしは晩めしだろ？　いまちょっとくらい食ったっていいじゃないか。

ダメだ。ハンバーガーはテイクアウトして、夜、ビールの肴にする計画なんだ。旅行に来て好き勝手に食ってたら、本当にうまいものを逃してしまうんだよ。一泊二日でいったい何回食べられるのか数えてみろよと、キュは右手を広げた。いいか、今日はせいぜい三食、明日はどんなに頑張っても二食、合わせて五食しかない、と五本の指を折ると、そのうち一食はすでに食った、もう一食はテイクアウト、とずいぶん残念そうに二本の指を開いた。考えてみれば今回もハンバーガーを買うために二十二キロも遠回りしたことになる。フニは、長いつきあいのキュとジュランにこんな奇妙な食欲と、計画どおりに物事を進めようとする面があったとは思いもよらなかった。

彼らは再び北江陵ＩＣに戻り、東海高速道路に向かった。平日の午後なので道はすいていた。ジュランは身動きもせずに時速百五十から百七十キロのスピードでひたすら車を走らせた。たまに無我の境地に陥り、時速百七十五キロを超えると、キュが、おいおい、と牛の手綱を締めるような声を出した。

日差しの向きが変わり、フニはマフラーのカーテンをはずした。左手には低い丘陵と閑散とした町が、右手には黄色い田んぼの向こうに海があった。広々とした海のほうには、ベルトのように薄く敷かれた紺碧の水平線と、水色の泡のような雲の層と、ひんやりとした白い綿色の空が、三段に重なったシルク布団のように横に長く広がっている。窓の外に果てしなく続く青い模様と、疾走する車の不安定な揺れがかもしだす無重力状態——その心地よさが、奇妙な麻痺的効果をもたらした。溶けていくロウのように意識が朦朧としているときに、突然カーナビが鋭い音が立てると、フニの非現実的な夢幻はこなごなに砕けた。中断されたときにはじめてその大切さがわかるように、フニは断たれた時間の崖っぷちで、いきなり怒りと無力な悲愴感にかられた。

びっくりした、とジュランが言った。カーナビはここで下りろって言ってるわよ。

襄陽《ヤンヤン》まで行くんだろ？　キュもうとうとしていたのか、声が少しくぐもっている。

でも河趙台《ハジョデ》で下りろって言ってる。

無視して行けよ！　久しぶりに蝶々婦人《ナビ》がびっくりしてピコピコ大騒ぎをするのが聞けるな。

しかしジュランはキュの言葉を無視して、蝶々婦人の指示どおり河趙台で下りた。トールゲートを抜けると、海は姿を消し、黒っぽい土がむき出しになった田畑が広がっている。

あの桶はなんだろ？　キュが言った。

田んぼのあちこちに、白く光る大きな円筒形の物体が数十個転がっているのを見ても、まだ頭が麻痺しているフニはなにも感じなかった。

あれは桶じゃないよ、とジュランが言った。

桶じゃないのか？

ビニールを巻いたものでしょ。

ああ、ビニール？　ビニールハウスのビニール？

そう。面倒だからああやって放ってあるのよ。

ダメじゃないか。さっさと広げてハウスを作らなきゃ。

フニは、事情も知らない二人がなぜそんなことに首をつっこんで、あれこれ心配しているのか理解できなかった。

襄陽《ヤンヤン》を過ぎて洛山《ナクサン》に差しかかるころ、右手に再び懐かしい青い海が見えた。海のうえを飛ぶ鳥たちもよく見えるほど近いのが、フニはむしろ不思議な感じがした。束草《ソクチョ》に着くまで、小さな港と海水浴場を拠点に、行楽地がねじりドーナツのように広がってはせばまり、七番国道を包むようにしてくねくねと続いていく。


コンドミニアム前の駐車場は満車だったので、ジュランはぐるっと一周してバラ庭園と記されている空き地に車を停めた。キュが車のトランクから大きなかばんを取りだし、フニは自分のかばんを肩にかけてから、ハンバーガーと飲み物の入った紙袋を持った。ジュランは小さなバッグを斜めにかけた。

夏は緑色の葉をつけた赤いバラのアーチだったであろう鉄製のトンネルには、葉を落とした棘が突き出ていた。すぐ近くに海があるのが信じられないほど、空気は冷たく乾燥している。三人は上着の襟を立てて、淡い冬の日ざしをはね返す鉄製のアーチをくぐって、コンドミニアムへと歩いていった。

宿泊券はなかったが、フロントで本人確認をして部屋を割り当ててもらった。客室は九階で、オンドル部屋二つとリビング、それに浴室、キッチンがついていた。ジュランが小さいほうの部屋を取ったので、キュとフニは必然的に大部屋を二人で使うことになった。部屋のなかをきょろきょろ見回していたキュが、天井をじっと見つめながら言った。

蚊がいる。

浴室に入ろうとしていたジュランが、こんな冬に？　と訊いた。

違うかな。

いや、蚊だろうな。フニが言った。ニュースでやってたけど、冬の蚊が勢いづいてるらしい。アパートとかコンドミニアムみたいなところで卵を孵《かえ》して、一生部屋のなかから出ないで暮らすんだって。ずる賢いやつらめ。

蚊がいたらあたし、眠れないのよ。フロントに電話して虫よけもらってきて。

ジュランがトイレに入ったあと、キュはホテルの電話でなにやら話していたが、受話器を置くなり笑いだした。

なんだって？

虫よけを貸してくれっていう客が多いんだってさ。俺が、虫よけのようなものはありませんかって聞いたら、虫よけのようなものは絶対にありません、って答えるんだ。だから今度は、部屋のなかに蚊のようなものがいるんですけど、って言ったんだ。そしたらフロントの人が、と言いかけてキュがまた笑った。

なんだよ。

蚊のようなものはお客様に負担していただいております、だってよ。

フニも笑った。

俺たちが負担しなきゃいけないんだって？

そう、俺たちの負担。

まいったな、負担になるじゃないか。

まったくだ。ジュランはぜったい蚊のようなものは負担したくないっていうよな。

じゃあ俺たち二人で負担することになるぞ。まいったな。

生きてりゃ蚊のようなものを負担しなきゃならない日もあるんだなあ。

負担、負担って言ってるうちに、蚊のようなものにずいぶん親近感わいてこないか？

ジュランがトイレから出てくると、三人はテラスで煙草を吸った。西向きのテラスから海は見えなかった。車を停めてあるバラ庭園の空き地と、枯れ木がまばらに立っている丘が眼下に広がっていた。キュとジュランの立てた計画によると、今日は日が暮れる前に雪岳山《ソラクサン》国立公園に行き、ケーブルカーに乗って権金城《クォングムソン》に行って帰ってくること、それから章沙港《チャンサ》に行ってカニを食べることになっていた。

雪岳山チケット売り場の無愛想な男は、入場券を買うのにクレジットカードは使えない、現金で払ってくれというので、キュが怒りを爆発させた。ケーブルカーの乗り場にはすでに十人ほど順番を待っていて、ちょうど向かいの降り場にケーブルカーが着くところだった。ガラスごしに見える乗客は、遠目からだと死人の群れのように見えた。彼らは降り場に着いてドアが開くなり、苦難の旅をしてきた避難民のように、さらに暗くて恐ろしい顔になって、我先にと降りた。そして、からっぽになった巨大な棺桶のようなケーブルカーが三人のほうに滑ってきた。人々は順に乗り、外の景色がよく見える一番いい場所を取った。ジュランとキュが並び、その隣にフニが立った。

　フニの右隣には男女一組が立っていた。男は野球帽を、女は毛糸の帽子をかぶっていた。少し怒った顔つきの男は髪の毛が薄く、四十歳はとうに過ぎているように見えた。女は男より十歳は年下に見えたが、二十歳ほど若く見えるような恰好をし、きれいな毛糸の帽子をかぶっていた。なんとなく嫌な感じのする顔だった。決して夫婦には見えない彼らは、腕を組み、ずっと囁き合っていた。はじめは声が小さくて聞こえなかった彼らの話がしだいに途切れ途切れに聞こえてくるにつれ、フニは自分の耳を疑った。イカレてる人間にはわからないわよ……だれがイカレてるだと?……頭、おかしいわよ……おまえ、そのうち変態じみたことやりだすんじゃねえのか?……イカレた人間に、できないことなんてないからね……おまえ、ほんと救いようがねえな……あんたは変態男だよ……このアマ……。ケーブルカーを降りるまで、彼らはずっとヒソヒソと囁きながら執拗に言い争った。フニはケーブルカーを降り、権金城《クォングムソン》のほうに上っていく彼らのうしろ姿をじっと見つめた。ワイドパンツをはいた男の足は曲がっていて短く、ムートンブーツをはいた女の足はまっすぐだが短かった。腕を組んで、帽子をかぶった顔を互いのほうに傾けたまま、くだらない話をしながら歩いている彼らは、まるまる肥えた不吉な一組の鳥のようだった。

章沙港《チャンサ》のカニの店に入ると、まだ客は一人もいなかった。キュが事前に電話をして三キロを予約してあったので、店の人たちが蒸したてのカニ六匹に、食べやすいようにハサミを入れているところだった。三人がカニを食べはじめたころ、三、四歳になる子どもを連れた若い夫婦が入ってきて二キロ注文した。三人がカニを食べはじめたころ、ジュランは少し苦い内臓のある胴体だけを食べた。フニは気の向くままに食べた。三人がしめにカニラーメンを食べているとき、中年夫婦が息子と娘二人を連れて入ってきた。息子は中学生、娘二人は小学生くらいだろう。中年の男は三本の指を立てて三キロ注文した。

食べ終わって店を出たあと、ジュランが言った。

あの人たち、五人で三キロ食べてるのに、あたしたちは三人で三キロなんて恥ずかしい。

キュが、べつに恥ずかしがることじゃない、隣の若い夫婦だって負けてなかったよ、と言った。

でもあたしたちみたいに一人一キロじゃないでしょ？　子どもだってカニの足くらいは食べるだろうし。

いや、サービスのわかめスープばかり飲んで、カニは食べてなかった。

だれが飲ませたの？　父親？　母親？

母親。

母親なら本気だわね、ジュランが言った。

母親なら本気って？　フニが訊いた。

いっぱい食べたい、一キロ食べたいって、本気で思ってるのよ。

父親なら？

父親なら自分が食べたいだけ食べるでしょうよ。でも母親だったら頭の中で計算してしまうわけ。子どもにわかめスープをたらふく飲ませたっていうことは、子どものぶんは死んでも自分が食べる、そういう下心が隠されてるのよ。

なんのことやらさっぱりだね、俺は。

キュがげっぷをした。

あんたたちには永遠にわからないわよ。子どもはいなくても父親派だから。


コンドミニアムに戻る前に大型スーパーに寄って、ビールと水、果物と虫よけなどを買った。ジュランに隠れてキュがウィスキーを一本カートに入れ、ここは自分が払うといったが、先にフニがレジの人にクレジットカードを渡したので、おとなしく引き下がった。いままで参鶏湯《サムゲタン》、ハンバーガー、カニ、雪岳山《ソラクサン》の入場料、ケーブルカーの費用はすべてフニが出し、レンタカー代と宿泊費はジュランが出した。キュは金を出せるような状況ではなかったので、残りは当然、自分が払うべきだと、フニは思っていた。

コンドミニアムに戻る道が暗くて、ジュランは右折するはずの小さな橋を見逃してしまった。急停車してから五メートルほどバックし、橋の方角へ右折するとき、女って意外なところで鈍いよな、とキュが言った。なんの反応もないので、キュはうしろにいるフニをふり返り、いきなり健康保険をいくら払っているのかたずねた。

健康保険？

そう、健康保険。

わからない。給料から引かれてるから。

職場で加入しているやつらはそうだよな、自分がいくら払っているのかも知らない、最近ジュランは健康保険料のことで頭が痛いんだよ、とキュが言った。どうして？　とフニがいちおうたずねると、キュはややこしい説明をはじめた。要は、ジュランは地域保険（個人で加入する保険）に加入しているのだが、昨年の保険料が高かったので保険公団に問い合わせたところ、それなら支社に訊いてくれといわれたらしい。ところが支社に連絡をしても、担当者が調べてみますというだけで、ひと月経っても明日、明後日と延ばされているのだという。

彼らは暗いバラ庭園の空き地で車から降りた。他の場所はどうかわからないが、落ちた水滴がすぐに凍ってしまいそうなほど、空気が冷たく乾燥している。彼らはバラの棘にさされないように、一列になって鉄製のトンネルを抜けた。三人のうち真ん中にいたジュランがフーフー息を吐きながら、あきれたように話を続けた。

それっきり連絡がないから、一週間後に電話をかけてみたのよ。そしたら担当者が出てね、フーフー。いま担当の者が席を外してるっていうのよ。何度もその番号にかけたから知ってるんだけど、フー。電話に出るのが二人いるの。若いのと年寄り、フー。若いのが職場保険担当で、年寄りは地域保険担当。年寄りのほうが電話に出て、フーフー、自分は担当じゃないって言うわけ。自分は職場担当で、フー、地域担当は別にいます、って。声はたしかに、フーフー、年寄りのほうなのに、まったく人をバカにしてるわよ。

甘美だけれど舌足らずで発音のはっきりしないジュランの声は、長話をするときは、たとえそれが深刻な内容でも、気だるい民謡調の子守唄のように聞こえるのだが、暗闇のなかでフーフーと手に息を吐きかける音と重なると、ずいぶんエロチックだった。三人はペテロのように自分は担当ではないと否定する男の心理を非難しながら、エレベーターに乗った。九階のボタンを押すフニに、キュが言った。

あっちはジュランが女だからと見くびって横着な対応をしているってのに、ジュランは真面目に、はいはい、って聞いてるだけなんだ。

あたしがいつ？　ジュランが訊いた。

そうだろ？　ろくに言い返せないじゃないか。バカだよ。

バカですって？

ジュランはしばらく目をパチパチさせていたが、低い声で言った。そうよ、たしかにあたしはバカでまぬけで救いようのない人間かもしれない。ジュランの目がまん丸くなった。じゃあ、あんたはどうなのよ？　電話口でギャーギャーわめくだけでしょ？　あたしには感情的になるな、論理的に話せって言うくせに、自分はチンピラみたいに怒鳴りちらしてばかりじゃないの。

エレベーターが九階に止まった。そうじゃなくて、とキュがなにか言おうとすると、ジュランはさっとエレベーターを降りるなり、ふり返って小さな声で吠えるように言った。

うるさい！　あんた、あたしがなにか言うといつも、そうじゃなくて、って言うよね。そうよ、どうせあたしはバカだから頭の回転が鈍いのよ。でもこの問題は、あたしが絶対に解決してみせるんだから。いまに見てなさいよ。

背を向けて早足で歩いていくジュランに、キュが食いさがった。

見たくてもおまえのせいで見れないだろ。

いまなんて言った？　ジュランがまたふり返った。キュが歯を食いしばるようにして言った。

いまに見てろだって？　追い出しておいて、どうやって見てろってんだ。

そんな二人のうしろ姿を見ながら、フニはふと、ケーブルカーで会ったカップルを思い出した。

ジュランがドアに鍵を入れて引っぱると、入り口のセンサーに灯りがつき、ソファのあるリビングが目の前に姿を現した。フニは、日常品もなくガランとしたコンドミニアムのリビングが、まるでキュの荷物がない彼ら夫婦のリビングのようだと思った。自然であれ、人間関係であれ、長いあいだ持続してきたものが破壊されるのは、閃光が走るほどのほんの一瞬でしかない。彼ら夫婦も、ケーブルカーで会ったカップルも、破壊された田んぼに停まっていた大小のクレーンのように、哀れで奇怪な残骸に過ぎないのではないかと、フニは思った。そして彼はクレーンのように痩せた肩をすくめた。

テーブルにグラスとハンバーガーを並べていたキュは、ジュランが、あたしはそこ、とリビングのソファを指さすのを見て、彼女のぶんをリビングのテーブルに移してやった。鏡浦海辺《キョンポヘビョン》で買ったハンバーガーは、パテと中身がぎっしり詰まっていたので、かぶりつくのは無理だった。ジュランはハンバーガーの包みを広げ、プラスチックのフォークとナイフで切って食べながら、ビールを飲み、テレビを観た。キュとフニもそれぞれハンバーガーを広げ、パテを切って野菜とパンといっしょに食べながら酒を飲んだ。煙草を吸いにそのつどテラスに出ていくのが億劫なので、虫よけスプレーをかけた二部屋のドアはきっちり閉め、テラスのドアを少し開けて、部屋のなかで吸うことにした。楽しみにしていたハンバーガーを食べ、ビールを飲み、煙草まで吸ってすっかり上機嫌になったジュランは、テーブルに置いてあるウィスキーを見ても、トカゲでも見たかのように一瞬目を吊り上げただけだった。

キュとフニは先日、持病で死んだある後輩の話をしているうちに――残念なことに二人とも葬儀には行けなかったので、いっそうやり切れない気持ちになっていた――自然とその後輩とつながりのある友人や、先輩後輩の話になった。最近あいつは体調がよくないらしい、あいつは仕事をやめたらしい、あいつにはもう十年も会ってないな、そんな話をしているときに、フニが、そういえばこのまえヨンテとムリョンに会ったんだけれど、ジンソク先輩がずいぶん変わったという話をしていたよ。キュは、なにがそんなに変わったのかと訊いた。テレビを観ていたジュランも、え？　ジンソク先輩がなに？　と興味を見せた。

ヨンテの話だと、このまえ用があってジンソク先輩と車で出かけたとき、道中ずっと自分の話ばかりしていたらしい。

自分の話って？　キュが訊いた。

新しいスピーカーを買ったとか、学校でプロジェクトをまかされているとか、あ、それからカメラを買って写真を撮ってるとか。とにかく自分の話しかしなかったんだって。

それで？　ジュランが訊いた。

自分の話ばかりして、ヨンテには最近どうなのかひと言も訊かなかったらしい。ほら、ヨンテはなにも言わないけど、あいつんちの双子、具合悪いだろ？　生まれたときから病弱だったし。子どもたちは元気かとか、おまえは最近どうだとか、訊いてもいいはずじゃないか。なのに自分のことばかり。しかもスピーカー、カメラ、プロジェクター、そんなつまらない話ばかりしてたって。人は変わるもんだなあって言ってたよ。

キュが空《から》になったフニのグラスに酒をついだ。それから自分もひと口飲み、ハンバーガーのパテを口に入れてから言った。

フニ、おまえ、ジンソク先輩から直接聞いたのか？

え？

彼からじかに話を聞いたのか？

いや、もうずいぶん長いこと会ってない。

だったらそんなこと言うなよ。

俺が言いたいのは、ヨンテがそう言ったってことだよ。ムリョンも同じこと言ってたし。あいつら、あることないことしゃべるわけないだろ。

ともかく、直接会って話を聞いてみないことにはわからないさ。

じゃあおまえは、ヨンテとムリョンがわざと先輩の陰口をきいてると思ってるのか？

いや、そうじゃなくて。

さっきジュランも言ってたけど、おまえほんとすぐ、そうじゃなくて、って言うよな。

キュはウィスキーを口のなかでゆっくりと転がして飲むと、首を横にふり、正面を向いた。

あー、ムカつく！　ほんとそういう意味じゃなくて、先輩の話をじかに聞いたかって訊いてるだけだよ。聞いてないいんだろ？　ヨンテとムリョンがただ自分の立場であれこれ言ってるだけだろ？　他人の言うことは絶対なのか？

ただの他人じゃなくて、ヨンテとムリョンが言ったんだぞ。

ヨンテとムリョンの言うことは絶対なのか？

いいよ、もうよそう。フニは酒をぐいと飲み干し、立ち上がった。

バスルーム、使ってもいいか？　フニが言った。

キュは黙って自分のグラスにウィスキーをつぎ、テレビを観ていたジュランは首だけ振った。フニは洗面道具を持ってバスルームに入った。フニが用を済ませて出てくると、キュとジュランはテーブルに向かい合ったまま、煙草を吸っていた。フニもローションをつけてから、隣にすわって煙草をくわえた。

おまえ、ほんとおかしなヤツだな、とキュがフニをのぞきこんだ。

なにがだよ。

こんな夜中に酒飲んでシャワー浴びるなんて。

シャワーは浴びてない。歯磨きして顔を洗っただけだ。

ええ？　キュが煙を長く吐きだした。それにしてはクソ長いじゃないか？

フニがジュランを見た。

最近、ちょっとこうなのよ。わかってやって。ジュランが言った。

わかってやるもなにも、この状況、ちょっとおかしくないか。

フニ、フニ！　キュが叫んだ。ジュランと話すことなんてないさ。俺はだな、おまえのその、いっしょに酒飲んでるのにふいにいなくなる、おまえのそんな無神経なところが、すっごくすっごく嫌なんだ。嫌でたまらないんだ！

酔ってるのよ。ジュランが言った。フニはストレートでウィスキーを一杯飲んだ。

わかってる。でもさっきからこいつ、俺に突っかかってばかりなんだけど。

フニ、なんてヤローだ。俺たち、いっしょに酒飲んでただろ？　だったら俺はどうなるんだよ。おまえがいちいち人の言うことに揚げ足をとるからだろ。だから俺も腹が立って、顔でも洗おうかと思ってちょっと出ていったんだ。俺、そんなに間違ったことしたか？

だから、バスルームをなんでおまえだけが使うんだよ。おまえ以外にもここには人間がいるじゃないか。ジュランは女だし、ビールだって飲んでるのに、なんでおまえは入ったきり出てこないんだ。

ああ、そのこと？　それは俺が悪かった。長く使って。

シャワーがしたいんだったらみんなが寝静まったあとにするとか、明け方にすりゃいいだろ？

フニはもう一杯ストレートで飲んだ。

シャワーは浴びなかった。顔を洗っただけだって言っただろ。

シャワーも浴びていないくせに、なんでそんなに時間がかかるんだよ。俺は納得がいかない。

俺はもともと時間がかかるんだ。理由はわからないけど、そうなんだ。だれと旅行に行ってもそう。

なぜおまえにはいつも悪く言われなきゃならないんだ。

キュが指をパチンと鳴らした。

ビンゴ！ そうさ。俺は人の悪口ばかりいうような人間だよ。ああ、そうか。それだ。それが答えだったんだ。悪いのはいつも俺だ。

ジュランがソファから立ち上がった。

キュ、酔っぱらいは早く寝なさいよ！ フニ、あんたもよ。

フニがウィスキーを瓶ごと飲んだ。

ジュラン、じつは俺、こういうことよくあるんだ。周りはシャワー浴びてたのかって訊くんだけど、俺は顔を洗っただけなんだ。みんなさ、そんなことも理解できないのかな。なぜなんだ。ジュラン、おまえもそうか？

寝なさいよ、もう！

ごめんな、キュ。シャワーじゃないけど長く使って。

そんなことを言ってるんじゃなーい！ キュが絶叫した。

ならいいけど、悪かったよ。

フニ、あんたにはほとほとうんざりよ。

俺もおまえらがうんざりだ。

俺も俺も！　俺もおまえらがうんざりだ。おまえも独裁、俺も独裁、ジュランも独裁。考えてみると、俺たちみーんな独裁だ。だから俺たちの、ほら、なんだったっけ。いっしょに旅行したらわかるっていう、あれだよ、本性みたいなの。そういうのがすっごく嫌なんだ！　おまえらのそういうとこ、大嫌いだ！

うるさい！　いいかげんにしてよね！

ごめんな。俺がついてくるんじゃなかった。

あんたまでなんなの、ムカつくわね。

ああ、胸クソ悪い！

バスルーム、長く使ってゴメン。

やめろ！　反吐が出そうだ！


明け方ふと目を覚ましたとき、キュはドアの隙間からジュランの声を聞いた。

部屋が乾燥してるから、服でも洗って干そうか。

なに言ってるの、こんな時間に。

男の声だった。フニの声ではなかった。フニはキュの左どなりでいびきをかきながら寝ていた。だったらドアの隙間から流星のごとく降り注ぐ声、鉄についた赤い錆《さび》のような、あの鋭い声はいったいだれだろう。寝ているあいだ中、聞きおぼえのないその錆びた声はキュにつきまとい、苦しめ続けた。

なに言ってるの……こんな時間に……なに言ってる……こんな……。

朝から細かい雪が降っていた。ジュランが起きたとき、フニは顔もきれいに洗ってテーブルでコーヒーを飲んでいた。ジュランも顔を洗ってから、キュを起こした。キュはコーヒーを飲んでいるフニを見て、しゃがれ声で言った。

俺にも一杯、淹れてくれよ。濃いやつを。

いいよ。フニが答えた。ジュラン、おまえも飲むか？

ジュランは歯を磨いたから飲まないと言った。

ウィスキー残ってたら少し入れてくれ。キュが言った。あ、いいねえ。ウィスキー、残ってる？

残ってるよ。じゃあ、フニ、おまえも入れて飲めよ。胃がすっきりするから。そうしよう。

キュとフニがテーブルにすわってウィスキーを垂らした濃いコーヒーを飲みながら、煙草を吸っているあいだ、ジュランは小さいほうの部屋で健康保険公団に電話をかけ、地域保険の担当者につないでほしいと言った。

それならチェ・ジュンシクさんをお願いします……あ、チェ・ジュンシクさんは課長さんですか……それで、チェ課長はいつお戻りになりますか……メモを残してくださってもいいですが……もともとチェ・ジュンシクさん、いえ、チェ課長が一週間以内にお電話をくださるはずだったんですが、十日過ぎてもいっこうに連絡がないんですよ……ええ、ええ……メモもいいんですが……でも一週間以内に電話をくださるはずが……私がこのことをお願いしてからひと月過ぎてるんですよ……メモがどうのこうのと言っている場合ではなくてですね……だからチェ・ジュンシクさんが今日、いつ戻られるのか……ご存じない?……そちらのお名前を伺ってもよろしいかしら?……なぜかって?……そりゃあなた……もしもし? 私がそちらのお名前をたずねるのは……ああ、ソン・ヨンヒさん……わかりました、ソン・ヨンヒさん……。

窓の外にはさらさらと雪が降り、部屋の隙間から途切れ途切れにジュランの声が聞こえてきた。キュは、若いやつの名前はソン・ヨンヒか、と言うと、顔を洗いにバスルームに入った。

三人は荷物をまとめ、フロントでチェックアウトをし、バラ庭園に停めておいた車に乗って、そのまま彌矢嶺《ミシリョン》トンネルに向かって出発した。キュが、トンネルを出て少し行ったところに干し鱈《タラ》スープが絶品の店があるから、そこで酔いを醒まそうぜ、と言った。雪はしだいに積もりはじめ、除雪作業で道のあちこちが渋滞していた。彼らは、大昔に埋められて化石になった、巨大な動物の骨のなかを突き抜けるように、長いトンネルを通り抜けた。急に視野が明るくなったのと、大粒の雪が降っていたせいで、右折しなければならない地点を逃してしまったジュランに、キュがカッと腹を立てた。

ジュラン! どこに目をつけてんだ。あんなにでっかく店の名前が出ているのに見えなかったのか? こんな国道で信号のあるところまで行くのは大変なんだよ。Uターンして帰ってくると……。キュが黙ると、車のなかがしんとした。キュの言ったとおり、ずいぶん走ったころにようやく信号が見え、ジュランはUターンをするために左車線に入った。さっきは大声出して悪かった。キュが不機嫌そうに謝った。急に怒りがこみあげてきてさ。そういうときってあるだろ? わかってくれるよな? 信号が変わり、車はUターンし、ジュランは黙ったままだった。

彼らは店の駐車場に車を停め、軒の下で煙草を吸った。ジュランは、キュとフニから少し離れたところで吸った。そのとき軍人の集団が雪に降られながら通りすぎた。一番うしろにいた軍人が隣の軍人に訊いた。韓牛《ハヌ》（韓国産の牛肉）をどうしても今日食わないといけないのか？　隣の軍人が答えた。そうだ、俺はどうしても今日、韓牛が食いたいんだ。軍人たちが行ってしまうと、キュがこらえきれずに、クックッと笑った。そりゃそうだ、食いたいよな。フニもフフッと笑った。キュが、昔、俺のいた部隊のすぐ前にそりゃうまいジャージャー麵屋があったっけ、と言うと、フニが、部隊の前には必ず一軒はそういう店があるもんだと答えた。帰隊するときは必ずその店に寄ってジャージャー麵の大盛りを食うんだけど、おかしなことに外泊許可が出たときは行かないんだよな。早くあそこに行きたくてさ、とキュがくすくす笑うと、そうだよな、外泊のときは早くあそこに行きたいよな、とフニもくすくす笑った。ジュランは支離滅裂な言い争いをそばで見ている老婆のように、目もとの小じわを小刻みに震わせながら、とめどなく降り続ける雪をにらみつけていた。

店のなかは、靴を脱いで上がる広い板の間になっていた。四隅に置かれた黒いポールハンガーには赤いエプロンがいくつか掛かっており、大きなメニューボードを吊るした壁の下のほうには、有名人の写真やサインが貼られていた。窓際の席に痩せた年配の女と太った若い女二人が、テーブルの中央に置かれた、シャベルで赤い土をすくってぶっかけたような煮込《チム》み料理を食べている。

三人は窓際の端っこのテーブルにすわり、干し鱈スープと焼き鱈をたのんだ。木のテーブルの中央に丸く焼けた跡があった。キュが迎え酒に一本どうかと訊くと、意外なことにフニはうなずいた。明け方のことだけどさ、と言いながらキュがフニのグラスに焼酎をつぎ、フニもキュのグラスに焼酎をつぎながら、明け方がどうした、と言った。

ひょっとしてだれか……来なかったか？

ジュランがふり返った。

来てないよな。キュはぎくりとして、わかってるんだけどなんとなく確かめたくて、と言って焼酎を飲んだ。明け方にだれも来るはずないだろ、と言ってフニも焼酎を飲んだ。干し鱈スープと焼き鱈が運ばれてきた。キュとフニはスープにご飯を混ぜて食べながら、焼酎一本をあっというまに空《あ》けた。キュがもう一本飲もうと言ったとき、片方の手でほおづえをついて焼き魚をゆっくり嚙んでいたジュランが訊いた。

今度はそいつ、なんて言ったの？

ん？　なにを……キュが口ごもった。

なにか言ったんでしょ？　明け方に来たって男が。

知らない、おぼえてない。

言いなさいよ！

黙ってすわっているキュのかわりに、フニがもう一本焼酎をたのんだ。焼酎が来るとジュランはほおづえをついていた手を下ろし、グラスを取った。あたしにもちょうだい。フニがジュランのグラスに焼酎をつぎ、キュと自分のグラスにもついだ。三人はグラスをぶつけ、そのまま飲み干した。それからまたもう一杯飲んだ。今度はキュがついだ。

雪は降ってるし、酒も飲んだし、こうしているとさあ。キュが涼しい顔でグラスを回しながら言った。

俺たち、このまま二度とソウルに戻れなくてもいいよな。

三人は黙って焼酎のグラスを空け、窓の外を眺めた。大粒の雪が降り注いでいた。ほんのり酔っただけなのに、彼らは危なっかしく見えた。向かいの店の駐車場に車が停まり、野球帽をかぶった男と毛糸の帽子をかぶった女が降りた。ウィスキーと一気に飲んだ迎え酒のせいで頭が朦朧としていたフニは、二人が腕を組んで「地鶏専門」と書かれた看板のほうにのんびり歩いていくうしろ姿に気づかなかった。雪の降る白々とした灰色の風景のなかに浮かびあがるのは、斜めに伸びている道の輪郭線と、左側にある小さくて四角い倉庫、右側に広がる楕円形の畑だけだった。

＊1　ソウル大学の学生だった朴鐘哲（一九六五―一九八七）は一九八七年、公安当局に捕まり、拷問を受けて死亡する。当時、この事件を隠蔽しようとした全斗煥政権に対し六月抗争が起こり、その結果、全斗煥は民主化の要求を受け入れることになる。

おば《イモ》

テウと結婚する前は、彼には父方の親戚は大勢いるけれど、母方は祖母しかいないとばかり思っていた。そのためか彼の両親とはじめて会ったとき、お義母さんは一人娘だから性格がキツイんだと、勝手に思いこんでいた。中華料理店で両家の顔合わせをしたのだけれど、コースや一品料理など、すべて義母がひとりで決めてしまい、義父はそばでブツブツ文句をいい、テウはただ黙ってしたがっていた。

結婚してひと月ほど経ったころ、テウが、じつは自分には伯母《イモ》さんと叔父《サムチョン》さんがいるといった。つまり、義母に姉と弟がいたのだ。二人とも私たちの結婚式には来なかった。伯母さんという人は二年前から家族と連絡を絶ち、叔父さんは賭博による借金で指名手配中らしい。義母は、結婚前に嫁の家族に話したほうがよいのかずいぶん悩んだようだが、結局言わないことにしたのだった。

「それなのに、いまさらどうして？」

「伯母さん、入院してるそうなんだ。幸いにも母さんとは連絡がついたんだって」

「病名は？」

「わからない。たぶんそれだけ深刻だってことじゃないかな」

「どうかしら……」

私は曖昧な答えをした。一度も会ったことのない人の病状について、なんと言えばよいかわからなかった。

「一日中、気分が晴れなかったよ。俺、伯母さんのことけっこう好きだったから」

テウの最後の言葉は、私にある種のプレッシャーとなって重くのしかかってきた。そのうち賭博の借金で指名手配中だという叔父さんもあらわれて、酔った勢いで私たち新婚夫婦の家に転がりこんでくるのではないだろうか。そう思うと不安になるのだった。

義母といっしょに伯母のお見舞いに行こうということになった。一度くらいは顔を見せるのが道理だろうと思った。義母は合理的で実行力のある人だったので、ずいぶんと心の支えになってくれた。私たちは、迷うといけないからタクシーで行くことになった。タクシーのなかで、伯母さまはどこが悪いのですかとたずねると、義母はひと言、すい臓がんだと答えた。どのくらい進んでいるのか、転移はしていないのかなど気になったけれど、義母の顔を見るとそれ以上訊けなかった。タクシーを降りて、病院の入り口に向かっている途中、義母が口を開いた。

「うちの姉さんはね」

義母はハッとして言葉を変えた。

「つまり、あんたたちの伯母さんにあたる人は、そんなに気むずかしいわけじゃないけれど、かといって優しいとも言えない、人に迷惑をかけるのが大嫌いで、それならいっそ自分が損したほうがましだと思う、そんな性格なのよ」

私は、ああ、義母とよく似ていると思った。

「わたしは早く結婚したし、結婚してからは実家にあまり寄りつかなかったのよ。実家が好きじゃなかったからね」

義母はそういって私を見た。理解できるかい？　と訊いているような、あんたもそうだよね？　とさぐりを入れているようで身がすくんだ。

「姉さんはずっと会社勤めをしながら、結婚もせずに母さんといっしょに暮らしてた。その家にキョンチョルが、あ、あんたたちの叔父さんにあたる人だけど、ときどきやって来てね。借金がたまったら――いまさらあんたたちに隠しごとをしてもしょうがないし、この際だから言うけど――姉さんが肩がわりしてやってたのよ。でもそのうち……」

いつのまにか私たちはエレベーターの前にいた。病衣を着た人たちとエレベーターに乗った。エレベーターを降りると義母は再び話を続けた。

「おととしの秋だったか、姉さんが突然、一枚の手紙を残して姿を消したのよ。お願いだから自分をさがさないでくれ、しばらくなにもかも忘れて暮らしたい、死ぬ前にたった一度でいいから一人で暮らしたい、気が変わったら帰ってくる。まあ、そういう内容でね。内容もそうだけど、ほら、あれよ。あんたは書き物してるからわかるでしょ？　あれはなんて言うんだろう」

私は義母が何を言いたいのかわからなかった。

「文章にこめられた気、とでもいうのかねえ。文字でもないし、文字の形でもないし」

「文体ですか？」

「文体？　文体っていうの？　そうかい。うちの姉さんも昔は作家になりたがってたよ。あんたに会ったら喜ぶかもしれないね。ともかく、姉さんの手紙を読んでいたら、文体とやらにこめられた気――そんなものを感じて薄気味悪くてね。べつに嫌なことが書かれていたわけじゃない、どうってことない内容なのに、恐ろしいやら悲しいやら。あれはなんだったんだろう、いったい……」

義母はそこで口をつぐんだが、病室に着くまで、あれはなんだったのか、とじっと考えこんでいるようだった。

伯母《イモ》はあいさつをする私の顔をじろりと見るなり、あ、わかった、というように頷いた。

「あんたね！」

あまりの親しげな言い方に、私は戸惑った。義母はニコリともしないでベッドで寝ている姉を見下ろし、伯母はすっきりした顔で妹を見上げた。沈黙が続くので、私まで伯母をぼんやりと見下ろしてしまった。思っていたとおり彼女はとても痩せていた。しわだらけの荒れた肌に、髪の毛が薄くなった頭を帽子やスカーフで隠していないので、餓死寸前の猿のようだった。義母と二歳ちがいだというのに、二十歳は年上に見えた。疲れているのか、それともまぶしいのか、伯母は数秒のあいだ、目を閉じたり開けたりしながら、精気のない窪んだ目を開いてなにかを見つめるときは、白目にほんのりと青い光が漂った。

義母がようやく口を開いた。

「入院費は心配しないで」

「心配、しないで」

伯母はゆっくりと言った。訊き返しているのか、つぶやいているのかはっきりしなかった。

「そう言ってくれるとうれしいねえ。でもわたしは退院するよ」

「姉さん、お願いだから！」

「そう、お願いだから母さんには言うんじゃないよ。あの女《ひと》がわたしの前で泣く姿は絶対見たくないからね」

そう言って伯母は目を閉じたきり、再び開けようとはしなかった。義母は一分ほどその場に立ち尽くしていたけれど、帰るよ、といって病室を出た。短くぎこちない出会いだった。私は肩の荷が下りたような、名残惜しいような、よくわからない気分になった。本当に不思議な姉妹だった。伯母の痩せてしわだらけの手がシーツからはみだしているのを見て、ふと握ってみたくなった。

「伯母《イモニム》さま、わたし、帰りますね」

私が手を握ると、伯母はパッと目を開けた。赤くただれたような目のなかで、蜘蛛《くも》の巣に似た青い光がキラリと光った。

「書き物をしてるんだって?」

「まだ本格的に書いているわけではないですけど。勉強中です」

「一度うちに遊びにくる?」

「あ、はい」

伯母が笑顔なのかしかめっ面なのか見当のつかない顔をした。

「うちに人を招待するのははじめてだよ」

「あ、はい」

「死体を片づけさせるような真似はさせないから、遊びにおいで」

「はい」

「ああ、もういい。来なくていい！」

伯母が突然、猫がすねたような声を出すので、私は思わず、不満げな声を出した。

「ええ？　どうしてですか」

「こっちはわくわくしてるってのに、そっちは乗り気じゃないからね」

「いえ、そんなことないです。ただあんまり突然だったから。行きますね」

「ああ、行きなさい」

「そうじゃなくて、伯母《イモ》さま《ニム》のお宅に遊びに行きます」

「伯母さま、か……」

伯母が口のなかでつぶやいた。

「え？」

「伯母《イモ》さんって呼びなさいよ。さま《ニム》を取ったほうが語感もいいからね。遊びにくるんだったらさっさとメモして。名前、ユン・ギョンホ。京畿道安山《キョンギドアンサン》市……」

伯母が退院してから、私は彼女の家を規則的に訪ねた。規則は彼女が決めた。一週間に一回、月曜日の午後に会う、と。彼女は毎日、家の近くの図書館に通っていて、月曜日はちょうど休館日だった。私は結婚式の準備で大学院を一学期休んでいたので、わりと時間があった。おそらく私が三十年生きてきて、最ものんびりしていたときだった。

伯母は安山市郊外にある、古くて小さなアパートで暮らしていた。広さ十坪あまりの部屋で、きれいに片づいていた。いや、きれいに片づいていたというよりは、片づける物がほとんどなかった。彼女の家にはない物が多かった。テレビも、パソコンも、携帯電話も、電話もなかった。当然、ケーブルテレビもインターネットもつながっていない。私がニュースはどこで見るのかとたずねると、図書館のパソコンで見ているといった。エアコンはもちろん、扇風機すらなかった。家電製品はせいぜい古い冷蔵庫と洗濯機があるくらいだった。布団をしまうための作りつけの棚があったので、簞笥《たんす》がなくても充分だった。全体的にがらんとしていて、修道女《シスター》の部屋を思わせた。器や鍋もほとんどなく、そのためか、あるいは習慣になっているのか、彼女は洗い物ができるとその場ですぐ洗い、服もそのつど手洗いした。

はじめて伯母の家に行った日は少し寒かった。彼女はコーヒーの粉に湯を注いだホットコーヒーと、砂糖を出してくれた。それから、私に家族は何人いるのか、テウとはどうやって知り合ったのかたずねた。私は両親と兄が一人いること、テウとは友人の紹介でつきあいはじめ、一年足らずで結婚したことなどを話した。

「わたしが家を出るまえは、テウにつきあっている子がいるなんて聞いたことなかったよ。お互い一目惚れだったんだねえ。それで、あの子のことはなんて呼んでるんだい？　新婚だし、さぞかし鳥肌が立つような呼び方をしてるんじゃないの？」

私は少し照れながら、ダーリンと新郎《シルラン》を合わせてダーランと呼んでいると答えた。

「ダーランって呼んだら、あの子がぶらぶらさせて走ってくるんだね」

結婚していない彼女の口から飛びだした思わぬ冗談に、私はうろたえた。でも彼女は冗談を言っているようすもなく、天気の話でもしているかのように淡々とした口調だった。

「あんたみたいな性格だと、外ではそう呼ばないほうがいいだろうね。ダーリンと新郎をくっつけたなんていってごらんよ。みんなわたしみたいな想像をするにきまってる。ダーランってのは、どう聞いてもぶらぶらだよ」

伯母と二人でいろいろな話をしながら、私は何度も驚いた。彼女の生活は本当に修道女のようだった。朝起きたら水を飲み、それから一本目の煙草を吸い、二十分ほど朝の運動をする。運動というよりは、自分に一番よく合った姿勢や動作を集めた一連のストレッチだった。簡単な朝ごはんを作って食べ、顔を洗い、十時ごろカバンを持って図書館に行く。カバンには筆記用具と財布、鍵、それから麦茶の入った水筒を入れる。

「本に溜まったほこりのせいで、長いあいだすわっていると喉がカラカラになるからね」

それはたぶん、すい臓がんの症状の一つだろう。

図書館に入るとまず本を選び、席について一日中その本だけを読むのが彼女のやり方だった。内容のよしあしや面白いかどうかなどは気にしないで、とにかく始めから終わりまで読む。よくわからなくても文字はわかるのだから、一文字一文字、一文一文、ページ、章ごとに順に読んでいく。午後二時ごろ、いったん家に戻って昼ごはんを食べてから、再び図書館に行き、閉館になる六時まで読み続ける。読み終わらないときは借りてきて、夕ごはんを食べてから寝るまでのあいだ読む。休館日の月曜日をのぞいて、事情があって図書館に行けなくなるようなことはまずない。

煙草は一日に四本だけ吸う。朝起きて最初の一本、昼ごはんを食べて一本、夕ごはんを食べて一本、寝る前に最後の一本を吸う。お酒は一週間に一度、日曜日の夜、焼酎を一本ほど飲む。その日は少し贅沢な酒の肴を作って食べることもあると、伯母は言った。

「昔は料理なんかほとんどしなかった。しても適当に作って、たいして味わいもしないで口に放り込んでたね」

それが一人暮らしを始めてから料理をするのが楽しくなったと言う。料理をしているときは、このうえない安らぎをおぼえるのだ。火と水と材料に集中すればするほど、料理とはなんと創造的な作業なのだろう、と思うようになった。同じ物をくり返し作っても決して同じ味にはならない。それが彼女を失望させるどころか夢中にさせた。彼女はもっぱら自分のためだけに料理をし、一人分の食事をていねいに作った。一人分だからといって手抜きはしない。彼女の家の冷蔵庫には、だし汁が常備してあり、洗って水気を切ったり、ゆでたり干したりした野菜や海産物などが入っていた。彼女は小食なので、ときには一時間かけて作った料理が、茶碗一杯にもならない場合もある。

「量は少ないけれど、味はなかなかのものさ」

誇らしそうに言う彼女の言葉は、嘘ではなかった。私は彼女の家で一度だけ夕飯をご馳走になったことがある。おかずはイシモチの煮付けとシレギ（大根の葉を干したもの）の味噌汁。イシモチは高価でもないのに、味がよく染みた身は甘く、シレギの味噌汁はこくのある深い味だった。イシモチもシレギも彼女が旬のものを山ほど買ってきて、きれいに洗って干したのだという。

なにより私が驚いたのは生活費だった。見たままにも慎ましい生活だったが、彼女がひと月に使うお金は六十五万ウォンだという。さらに驚いたのは、そのうち三十万ウォンは家賃で出ていくという事実だった。小遣いではなく、一カ月の生活費が三十五万ウォンなのである。テウと結婚してから自分は一カ月にどのくらい生活費を使っているのだろう。そう考えて私は開いた口がふさがらなかった。さらに驚いたのは、たいして無駄遣いをしているわけでもないので、これ以上どう節約したらよいのかわからないということだった。知らないうちに引き落とされている金額が予想以上に大きかった。それなのに三十五万ウォンだなんて。私たち夫婦の電話料金とアパートの管理費を合わせただけでもそれくらいになる。

「そんなに難しいことじゃない。一日に一万ウォン使うと計算してごらん。五万ウォンは管理費として出ていく。夏はそれより少ないし、冬はそれより多い」

煙草とコーヒー、米とキムチ、トイレットペーパーと石鹸など、日用品を買う費用と、健康保険料などを除くと、実際に使うお金は一日に五千ウォンくらいになる。私は言葉を失った。五千ウォンなんて、タクシーに乗ればすぐそこまでだ。

二回目に訪問したとき、私はコーヒーやケーキ、ビールや煙草などをたくさん買っていった。彼女はさわろうともせず、私が帰るときに、全部持って帰るようにと言った。

「好意で買ってきたのはわかってるよ。でもわたしはこの貧乏に慣れているし、嫌だと思わない。こうして会うときは公平かつ正直でいたいね。わたしはあんたが物書きだってことも気に入っているけど、なんといっても血がつながっていないのがいいんだよ。血がつながっているとどうしても公平で正直にはなれないからね。もしこの家になにかこっそり置いていったり、最悪の場合、お金のようなものを置いていくようなことがあれば、わたしがどれだけ残酷な人間かということを知ることになるだろう。あんたが食べたいおやつを買ってくるのはかまわない。そのかわり、全部ここで食べていくんだね」

そうして彼女と私は二カ月あまり、月曜日の午後に彼女の家で、それなりに公平で正直に、薄いブラックコーヒーを飲みながらおしゃべりをした。もし人の一生を簡単に要約できるとしたら、伯母の人生こそがその典型ではないだろうか。

亡くなった彼女の父親、つまり私の義理の祖父は、いくらか自閉的な人だったらしい。いつも鬱憤と劣等感を抱えていた。そうとうな酒飲みで、酒を飲むといつも、生きるというのはなんて卑しいんだと叫んでいたという。罵声を浴びせたり、暴力を振るったりはしないけれど、生きるのはなぜこうも卑しいのかと嘆くのだった。

伯母の母親には私も会ったことがある。私たちの結婚式にも来てくれた。とても献身的だけれど、人前ではそういうところを決して見せない謙虚な人だと思った——そういう印象を受けたと私が話すと、伯母は残念な話を聞いたかのように、口角を下げて言った。

「間違ってはいないけどね。自己犠牲のかたまりのような昔かたぎの女《ひと》だから。利他的で忍耐力も強い。要は、なんのための犠牲か、なんに対して絶対的に利他的か、ということだよ」

彼女は自分の母親のことをあまり話したがらなかった。それも義母とよく似ていた。

ともかく、そんな親のもとに長女として生まれた彼女は、大学一年生の夏に、酒に酔った父親が転んで客死してからというもの、父親がわりをしなければならなくなった。大学を卒業したあと大企業の広報室に入社し、五十五歳で失踪するまで結婚もせず、会社勤めをしながら母親の面倒をみて暮らした。行方不明だった二年あまりは一人で暮らし、すい臓がんにかかって三カ月間、闘病したのちに死んだ。これが男のような名前をつけられたユン・ギョンホという女性、彼女の人生だ。

もちろん、彼女の人生にも少なからぬ紆余曲折があった。直接聞いたわけではないけれど、夫と義母から断片的に聞いた話をまとめると、彼女は大企業に就職してから四、五年のあいだは、生活費はもちろん、弟と妹の学費も払った。二人が大学を卒業したあとは金銭的な援助をいったん打ち切った。ところが、事業をしていた弟が不渡りを出したため――義母は決して不渡りなどではなく、賭博の借金だと言い張ったが――ともかく、借金を抱えた弟が刑務所に入れられそうになったので、彼女はそれまで貯めていたお金と、会社を辞めるときにもらった退職金をすべて弟の借金の返済につぎこんだ。その後は数年ごとに出版社を転々としながら仕事を続けた。そんなある日、彼女の母親、つまり私の義理の祖母が、内緒で書類を作って娘を息子の保証人にしていたために、またもや借金にまきこまれてしまった。三十九歳のときに不良債権者になった彼女は、それから非正規社員として働き、十年かけて借金を返した。信用を回復してすぐ児童書の出版社に就職したのだが、そのとき、伯母はすでに五十歳近かった。それ以来、彼女はだれにも、一銭も、貸さなかった。義母の話によると、伯母が家族と縁を切る決心をしたのはそのころだったという。一人暮らしをするために、だれにもお金を貸さず、自らも倹約して必死でお金を貯めた。だから彼女の母――私の義理の祖母は、食堂で働きながら自分で生活費を稼がなければならなくなった。そしておととしの秋、彼女は一通の手紙を残して姿を消したのだった。賭博の借金に追われた義母の弟が、いつものように母親に電話をかけて助けを求めた翌日のことだった。

伯母は五年間で一億五千万ウォンを貯めていた。そのうち一億はアパートの敷金にあて、残りの五千万ウォンで、お金が底をつくまで好き勝手に暮らすつもりだった。一人暮らしをするのは生まれてはじめてだった。

電話のない伯母には連絡する方法もなかった。訪ねてくる人もいなければ、宅配や郵便配達の人がインターホンを鳴らすこともない。しなければならないこと、守らなければならない約束もなかった。いかなるものも彼女の時間を強制的に取りしきったり、中断させたりすることはできなかった。目の前にはこれからの時間が、霧のかかった平原のように広がっている。彼女はしだいに過去にばかりとらわれるようになった。

伯母はぼんやりと昔のことだけを考えた。いや、昔の記憶が絶えずよみがえってきたといったほうがいいだろう。時間が経つのも忘れて過去に思いを馳せ、しばらくすると夢遊から覚めて現実に戻るのだが、そんなときはひどく腹が立ってきた。晴らすことのできない恨みに襲われるからだ。

「わたしだってはじめから鉄道の枕木のように規則正しく暮らしたわけじゃないよ。かといって自由に暮らしたのかというと、そうでもない。希望があってこその自由だからね。希望はあるにはあったけれどまるで果てなく広がる暗闇のようで、意味もなけりゃ模様もない。当時のわたしは、お金を使い果たしてさっさと死んでしまいたいと思っていた。そのあと少しずつ変わって、いまみたいに暮らすようになったのだけれど、たぶんあの晩の出来事がきっかけだろうね」

それは私が彼女から聞いた、ある冬の日の出来事だった。彼女は慌てずゆっくりと言葉を選び、自分がどんな気持ちだったのかを理解できるよう、ときどき私の顔をのぞきこみながら話した。そのたびに彼女の白目は、冷たく澄んだ明け方のような青い光を放った。私は催促したり、質問したりしないで、静かに、じっと話を聞いた。

その日は朝からおかしな日だった、と伯母は話しはじめた。

朝、伯母がベランダに出ると、外は夜通し降った雪で真っ白におおわれ、なにもかも激しい寒波のなかでかちこちに凍っていた。煙草を吸って戻ってきた彼女が、手を洗おうとしても温水が出ない。通路に出て、計量器についた防風紙を剝がし、ケースを開けた。幸い、計量器は壊れていなかった。とにかく古いアパートなので、廊下にサッシがついていない。厚い布で巻き、防風ビニールをかぶせてあるにもかかわらず、水道管が凍ってしまったのだ。

彼女は厚着をして市場に行った。雪はやんでも寒さが薄らぐことなく、おそろしいほど気温は低いのに陽射しは目にしみるほど強かった。カルチャーセンターの前のベンチに年老いたホームレスがすわっている。通りかかったときに何度か見かけたことのある男だ。男はいつも酒に酔って独りごとをいっていたが、ほとんどが罵りの言葉だった。時折さっと顔を上げて、ヨボショフ、ヨボショフ（ヨボセヨ「もしもし」の意）、と通りすがりの人を大声で呼び止めるのだが、語尾はいつも喉から込みあがってくる音にかき消されてしまう。だれ一人それに応える者はいない。それどころか、男が吐きだした毒ガスのような息が、大気中を漂い、自分の体につくのではないかと恐れ、みな早足で去っていくのだった。

彼女はその日、なぜか男にお金をやりたくなり、バックから千ウォン札を取りだした。手袋をはめた手でお金を差しだすと、男はゆっくりとポケットから手を出し、手のひらを上にして、親指と人差し指ではさむようにして札の端をつかんだ。男の手はあちこちひび割れており、すぼめた手のひらには、燃やしかけの粉炭のように、まだらになった無彩色の暗闇が澱《よど》んでいた。彼女はお金を渡した瞬間、男と目が合った。寒さで涙が溜まった男のにごった目を見たとたん、薄気味悪くなってその場を急いで立ち去った。男がヨボショフ、ヨボショフ、と大声で自分を呼ぶような気がした。

伯母はドライヤーと、長さ三メートルのマルチタップを買ってきた。台所の水道の蛇口を温水のほうにひねり、玄関のドアを開け放したまま、長いマルチタップにドライヤーのコンセントを差しこんで、計量器の前にしゃがんだ。温風の強にしたドライヤーを温水計量器にあてて、ゆっくりと円を描いた。壊れているわけではないのだから、いつかは溶けるだろう。彼女はときどきドライヤーを止めては、ひねっておいた蛇口から水が出ているかどうか確かめに行った。

ビニール袋をさげた若い女が小走りにやってきて、もしかして水が出ないのかとたずねた。伯母は温水が出ないと答えた。ドライヤーの音で聞こえなかったのか、若い女はなにも言わずに立っていた。彼女はドライヤーを止め、もう一度、温水が出ないのだと言った。若い女は少し驚いたようにぽかんとしていた。目が魚のように大きく、飛び出ているのでよけいにそう見えたのだろう。ってことは水が出ないんですね、と魚の目をしたその女が訊く。彼女はイライラするのを必死でこらえて、冷水は出るけれど温水が出ないのだと、三回目の返事をした。女は首をかしげると、えー？　うちは冷たい水が出ないんだけど、と言った。伯母が、なら、いますぐ溶かしたほうがいいというと、女の顔に申し訳なさそうな笑みが浮かんだ。そして女は耳寄りの情報を提供するかのように瞬きをしながら、うちの計量器は大丈夫！　だって冷水が断水中だから、と言った。

　彼女は開いた口が塞がらなかった。お宅の計量器も凍っているのだと、わが家の計量器も見た目はなんの問題もないと言った。すると女は彼女の計量器をのぞきこんだ。女の跳ねた髪の毛が彼女の頬をくすぐり、ビニール袋からはフライドチキンの匂いがした。これって凍ってるんですかあ？　女が大きく目を開けた。すぐそばにいたので、女の息が彼女の顔にかかった。飛びでた目玉がいまにも転がり落ちてきそうだった。最後にだれかとこんなに近づいたのはいつだっただろう、と思った。

　彼女は女の肩を押しのけたい衝動にかられた。女はそれに気づいたかのようにさっと立ち上がり、彼女と一軒置いて隣の家のドアを開けて入った。しばらくして女の夫と思われる若い男が出てきて、計量器ケースの防風テープを剝がし、ふたを開けてのぞきこんだ。魚目の女がドライヤーを持ってきて、おばあさーん、冷水はどっちですか、とたずねた。彼女は聞こえないふりをしようと思ったが、下のほうだと教えてやった。

　魚目の女は家に入り、けたたましい音を立てながらドライヤーで上の計量器を、二軒隣の男は下の計量器を溶かした。彼女はときどきドライヤーを止めて、台所で水の音がしているか確かめた。一方、男はドライヤーを何度もつけては止めて、家のなかに向かって、出たか？　と叫んだ。二十分ほど経ってようやく、彼女の家の台所から水の流れる音が聞こえた。彼女は布で計量器をていねいに包み、ケースを閉じ、防風テープを貼りつけた。ドアを閉める前にチラッと見ると、男はドライヤーを計量器のケースに突っこんだまま煙草を吸っていた。お礼をいうかと思ったら、男は意識的に避けるようにして彼女に背を向けた。フライドチキンが冷めてしまったことに腹が立っているのかもしれないし、寒くてイライラしているだけかもしれないのに、彼女はなぜか、男が自分に腹を立てているような気がした。もしかすると男は、計量器が壊れてくれたらお金を払ってでも水道事業所の人を呼べば、新しいものに取り替えられるのに、と思っているのかもしれない。男の腰のあたりをにらみつけているうちに、彼女は身震いするような憎しみをおぼえ、家のなかに入った。

いつだったか、一人暮らしをしていた彼の部屋に行き、果物ナイフでマクワウリ《チャメ》を小さく切り、種をていねいに取りのぞきながら彼の腰のあたりを見つめていた、あの年の春。彼女の人生で一番美しかった、卵色の水彩画を思わせるあの春の日の昼下がり。そして……。彼女は玄関の隅でうつむいたまま、手袋をした両手を交互に握っては放した。果物ナイフをつかんで今すぐにさしてみろといわんばかりに、手袋のなかの凍った指をぶるぶる震わせている、この赤黒い憎しみはいったいなんだろう。それがわからなくて、彼女は右手で左手をつかんでは放し、つぎに左手で右手をつかんでは放した。

伯母《イモ》は、私が彼について知りたがっていることに気づいた。

「彼は腸が悪くて、マクワウリ《チャメ》の種を食べられなかった。そのくせ甘いものが大好きでね。だから種を一つひとつ取ってあげたわけ。そのころわたしは代理《テリ》（会社の役職の一つ）だったから、二十六か七だったかねえ。四、五年つきあって別れたんだけど。会社勤めの人じゃなくて、学生だった」

伯母がその人と別れた時期は、叔父が事業か賭博かで借金を抱え、その肩代わりをしていたころだったのではないだろうか。学生ならお金は稼いでいなかっただろうし、伯母のほうも貯めたお金は全部消えてしまい、仕事も不安定になって結婚できる状態ではなかったにちがいない。卵色の水彩画は、往々にして茜色となり、夕日のように消えてしまうものだ。

「別れたあと一度だけ、彼に会ったことがあるのよ。偶然、イベントホールかなにかの入り口で」

彼のそばには、そのときはまだ妻ではなかった、年若くてスタイルのいい女の子がいた。当時はまだ、ブラジャーの紐を見せるようなファッションはめずらしかったが、女の子は紫色のブラジャーの紐が見える黒のタンクトップに、ワイン色のミニスカートをはいていた。だれとも交わらず、独りで行動していた。横目で見ると、幼い子どものように非常口の階段をピョンピョン飛んでいたのだが、短いスカートのなかで太ももが交差するたびに黒い下着が見え隠れした。周りの人は、あの子はいったいだれ？　という目で見ていた。すでにそのとき彼とつきあっているとか、近いうちに結婚するとか、夫との離婚で手こずっているなどという噂が流れていた。伯母は、女の子の行動が周りの人たちの視線を意識した演技だと気づき、嫌悪感をおぼえたけれど、周りの人たちと同様、おかしな行動をしているその離婚女から、なかなか視線をそらすことができなかった。

その後、彼とその女の子が紆余曲折の末に結婚したという噂を聞いた。それからまもなくして、彼の家に遊びにいった人から、彼ら夫婦と子どもたちに会って、家のなかも見せてもらったのだが、まるで子どもが子どもを育てているようで心配になったという話も聞いた。それからずいぶん時間が経って、彼女は知人のサイワールド（ソーシャル・ネットワーキング・サービス）のミニホームページで、後輩が死んだ、というタイトルを見かけた。サイワールドにのせた知人の追悼文によると、夫婦が交通事故に遭い、運転していた妻は重症を負ったが、助手席にいた後輩は死亡したという。まさか彼ではないだろうと思いながら記事を検索してみたところ、彼が在職していた大学の名前と訃報が出ていた。ところが伯母は、それがいつだったかいくら考えても思い出せないというのだった。

「四十歳を過ぎていたのは確かなんだけどね。四十六だったか四十八だったか」

いずれにせよ、伯母より二歳年上の彼は、四十八歳か五十歳で亡くなった。彼の死を知った伯母は、知人のサイワールドをとおして彼の妻のサイワールドをさがし、妻の書いたものをすべて読んだ。文章はうまくなかったけれどアップ数は多いほうで、よく旅行に行くのか写真もたくさんあった。そのうち妻がフェイスブックを始めたので、伯母もつられてフェイスブックに加入し、二人は「友達」になった。

伯母が妻のファイスブックを最後に見たのは、失踪する一、二年前だったという。妻は意外にもアメリカに住んでいた。ちょうど選挙のころだったので、在外国民の投票をし、自分が韓国人であることを誇りに思うと書いてアップしていた。そのときも伯母は、深い嫌悪感をおぼえながら妻が書いた文章と、１５８個の無意味なレスを全部読んだ。それを最後に彼女はもう二度とフェイスブックを開かなかった。

おばの年齢でサイワールドやフェイスブックをやっていたということに私が驚くと、彼女は少し自慢げな顔をしていった。

「あんたはたしかテウと同い年だったね？　わたしがパソコンを買ったのは、テウが三歳のときだった。あのころはアレアハングルがなかったから、ポソックル（PC版ハングルワードプロセッサー）を使った。ハイテルとか千里眼の通信を始めたのは三十五、六歳のころだった。通信中毒、ゲーム中毒になったこともあったよ。

ブログは面倒だからすぐにやめて、サイワールドをちょっとやってから、ツィッターとフェイスブックにのりかえた。正直、家族との関係を絶つよりも、オンラインを絶つほうがつらかったね。なぜならそれは与えられたものではなくて、わたし自身が選んだものだったから。わたしが書いて、作り上げたイメージだけで構成された宇宙だったんだよ」

計量器のために遅い朝ごはんを食べ、ベランダで煙草を吸って部屋に戻ってくると、インターホンごしに上の階のベルの音が聞こえてきた。接続が悪いのか、置き方が悪いのか、時折、上の階のベルがインターホンから聞こえてくることがあったのだが、その日はどうしたわけかベルの音がいっこうに鳴りやまなかった。一時間経っても聞こえてくるので、彼女は管理室に行った。管理室で当直をしていた年配の男は、あとで修理の人をよこすから電話番号を教えてくれといった。電話は持っていないという彼女に、男は、それならどう連絡をすればいいのかとたずねた。彼女は、問題なのはわが家ではなく上の階なのだから、直接上の階に行けばいいじゃないかというと、男は首を横にふって、連絡がつかないのならどうすることもできない、と繰り返すのだった。だったら自分は家にいるからいつでも来てくれというと、とにかくわかった、とりあえず家に戻って待っているようにという。管理室から戻ってきて三十分経ったころにようやく、中年と老年の男が彼女の家にやってきて、原因究明をしたいからといきなり家のなかに入ってきた。

「彼らはわたしが一人暮らしを始めてから、はじめて押しかけてきた訪問客だった」

彼女が、わが家ではなくて上の階のインターホンに問題があるのだと何度訴えても、彼らは、お宅のインターホンにも問題があるかもしれないと、強引にインターホンがかかっているところに行き、ただでさえはっきり聞こえるのに耳を当てた。うむ、本当にベルの音が聞こえるなあ。上の階ですかね？　わからんな、下の階かもしれん。今度は僕が聞いてみます。ああ、聞いてみろ。うーん、隣の家ってこともありえますよ。そうか？　彼らは交代でインターホンに耳を当て、受話器を取ったり戻したりして時間稼ぎをしていたかと思うと、よくわかった、上の階と下の階、右隣と左隣にも行って確認してみると言って、威厳に満ちた態度で出ていった。そのあともしばらくのあいだ、二人の男がどこかの家でインターホンをくり返しテストしているらしく、奇妙な音がインターホンごしに聞こえてきたが、そのうちもとの音に戻った。

彼らは再びやってきた。老年の男がまだベルが鳴っているかと訊いた。彼女が鳴っているというと、彼らは、ずかずかと部屋のなかに入ってきて、直接その音を確かめた。上の階ですね。そうだ、上の階だった。二人は顔を見合わせてうなずいた。そして、下の階と左右の家に行ってみたけれど異常はなかった、上の階の住人がインターホンの受話器をちゃんと置いていないからにちがいない、だがいま上の階は留守なのでどうすることもできない、と交互に説明したあと、上気した顔で満足そうに帰っていった。

ベルは五時間以上も鳴り続けた。彼女は日常をかき乱す、この事態を憎んだ。そのうち、インターホンをもぎとって床に放り投げ、足で踏みつぶす自分の姿を見た。いや、見たというよりは、実際にそうしているかのように筋肉の動きと怒りを生々しく体で感じた。彼女は急に恐ろしくなって、服を着てからバッグを持ち、とにかく家から飛びだしたが、もう一度引き返して、台所の水道蛇口をひねって水が少しずつ出るようにした。耳もとではなおもベルが鳴り響いた。上の階に行って火をつけてやりたい衝動を必死で抑えた。

カルチャーセンターの前のベンチにはだれもいなかった。彼女は年老いたホームレスがいつもすわっているところに腰を下ろしたけれど、寒さに耐えられなくなって、一分もしないうちに建物のなかに入った。日曜日なのでカルチャーセンターは閉まっていたが、一階の図書館は開いていた。彼女はそこに図書館があるのをはじめて知った。図書館というよりは小さな閲覧室に近いその場所は、暖かく静かだった。閲覧席は半分以上があいていた。彼女は本棚から実用的な哲学書を抜きだすと、場所を決めてすわった。まず訳者の前書きを読み、それから著者の前書きを読んだ。家に帰るころにはインターホンのベルが鳴りやんでいることを願いながら。時間はゆるい粥のように流れていった。彼女は本を読み、そしてまた読んだ。

ある瞬間《とき》、時間が止まったかと思うと、ゆっくりと固まっていった。第三章を読んでいるとき、固まった時間が粘度を高めながら体中をしめつけてくるのを感じた。同時にずっと昔の出来事を思い出したのだが、それがなんなのかはよくわからなかった。まるで過去から呼び起こされた幼虫の群れに襲われているような感じがした。彼女にとっては何とも耐えがたい感覚だった。「とくに破廉恥な主体に見られる」という文章を読んだとき、もう少しで席を立って大声を上げるところだった。なにか行動を起こさなければならない、このままじっとしていてはいけないという焦りをおぼえた。ならどうすればよいのだろう。彼女は身動きもせずに脂汗をかいていたが、ようやく口を動かして声もなくつぶやいた。ヨボショフ……ヨボショフ……。それはなにかを鎮める呪文のようでもあった。呪文は効果を発揮して、いつのまにか時間がまた流れはじめた。ヨボショフ……ヨボショフ……。

どこからか音楽が聞こえてきた。伯母はてっきり自分の耳にだけ聞こえてくる幻聴かと思った。音楽はいっこうに鳴りやまず、しだいに大きくなった。何人かが席を立ち、荷物を片づけているのを見て、ようやくそれが図書館の閉館時間を知らせる音楽であることに気づいた。

彼女は読みかけの本を持って司書のところへ行き、貸し出しの申し込みをした。司書が会員カードを見せてくれというので、ないというと、それなら貸し出しはできないといわれた。司書は二十代後半の、頭が大きくて痩せた青年で、話すときに舌足らずな感じがした。伯母がどうすれば会員カードが作れるのか訊くと、彼は、今日はもう閉館だし明日は休館日だから、明後日申し込めばいいと言う。歳の若さと甘えたような声には似つかわしくない、ずいぶん事務的な言い方をし、眼鏡をかけた顔には、仕事の忙しさにかこつけて責任逃れをしようとするようすも見られた。それは彼女自身が、四十代のあいだずっと鏡のように見てきたのでよく知っている、いつも腹をすかせ苛々している非正規社員の表情だった。

彼女は急いで酒と肴を買って家に帰った。幸いインターホンのベルは鳴りやみ、水道の蛇口からは水が滴り落ちていた。彼女はへとへとになって、惣菜屋で買ってきた醤油漬けのカニを肴に酒を飲んだ。少しずつ酔いが回ってくると、彼女は立てた膝の上に手を組み、その上にあごをのせ、背中を丸めた姿勢で記憶のなかへと入っていった。

ある日の明け方、酔っぱらって知らない人の車に乗ったことを思い出した。そんなことをしたのは後にも先にもはじめてだった。なぜかその日は怖いもの知らずで、道端で手をふって車を止めた。シルバーグレーの車が止まり、運転者が助手席の窓を開けた。乗せてほしいというと、男はちょっと迷ってからうなずき、彼女を乗せた。ときには容易でないことが容易に起こるものだと、彼女は思った。またあるときは、酒に酔ってトラックのタイヤのうしろで寝転び、もしこのトラックがブルンとエンジンをかけて出発したらどうなるだろう、と想像したこともあった。でも、少しも怖くなかった。ただの想像に過ぎないし、自分には絶対起こりえないと思ったからだ。そのくせ、本当にトラックが自分の体を乗り越えたとしても、それはそれでしかたないと思った。かつて、手帳やメモ用紙に「私は」と書くたびに、二度と歩けなくなるかもしれないという恐怖にかられ、しばらくのあいだ「私は」と書くことも、口に出していうこともできないときがあった。これらの記憶は、はっきりおぼえていないが、かなり若いころのことだった。

お酒を飲みながら彼女は少し気持ちが高まった。一人暮らしを始めてからこんなに多くのことが起こり、こんなに多くの人と言葉を交わしたのははじめてだった。彼女は老いたホームレスと、魚の目をした女と、その夫を思った。まあ、おばあさんって言われてもしかたないわね。彼女はうなずいた。管理室の年老いた当直と、カフカの『城』に出てくる助手のように愚かで息の合った二人の修理屋と、舌足らずの司書を思った。少し距離を置いてみると、彼らはそれなりに愛すべき隣人だった。彼女は急に、ブラジャー女のフェイスブックを見てみたくなった。さっそくノートパソコンを買って、インターネットをつなごうと思った。そもそも私たちは、みんな個性あふれる隣人なのである。

彼女が期待をふくらませながら、黄みを帯びたカニの卵と内臓を口に入れたときだった。ふと、ある人の目を思い出した。彼女は、口のなかのものをゴクッと飲みこんだその瞬間、巨大な圧搾器に頭をはさまれたような痛みを感じた。思わず歯を食いしばった拍子に、そのすさまじい圧力で舌の先を嚙んでしまった。突然目の前に閃光が走ったかと思うと、すべての記憶が指輪の形をした小さくて黒い円形のなかに吸いこまれていった。激しい痛みだった。そっと指で舌の先を触ってみると、唾に血が混じっていた。舌先に熱くて薄い鉄片がくっついている感じがした。

彼女は痛みが消えるのを待ちながら、少し前に見た目を思い浮かべた。老いたホームレスでも、マクワウリ男の目でもなかった。もっともっと前のことだった。前世のようにはるか昔だった。舌先の痛みが鈍くなっていくにつれ、錆びた鉄の味が口のなかに広がった。地下の飲み屋だった。剝がれたテーブルと、カビ臭い赤紫色の布をかぶせた椅子があった。彼女は煙草を吸っていて、向かいに一人の男がすわっていた。

男は切羽つまった目をして、彼女に両手を差しだした。手のひらを上にしてテーブルに置いた男の手は、神に対して頼みごとをするポーズのようだった。彼女はテーブルに身を寄せた。男は両手をさらに彼女のほうに伸ばした。彼女は少し丸めた彼の手のひらを見下ろした。そのとき奇妙な衝動にかられ、吸っていた煙草を男の左の手のひらで揉み消した。男の瞳孔が大きく開き、顔に痙攣が起こった。彼女は男をじっと見つめた。低い温度でアイロンをかけるように男の表情はしだいに緩み、やがて黙って苦痛に耐えた。しかしこればかりはどうすることもできないと、片方の目からポロッと涙をこぼした。彼女はふと我に返り、あわてて彼の手のひらに焼酎をかけたが、すでにそこには指輪の形をした、黒く焦げた跡が刻まれていた。

「たしか大学一年の冬だった。彼は地方から出てきた同じ学科の学生で、どういうわけかわたしに好意を持っていたんだよ」

　おばはもう男の顔をまったく思い出せないという。目と鼻、唇の形どころか、平凡な顔だったのか、ブ男だったのかという全体的な印象すらおぼえていなかった。でも地下の飲み屋での出来事は一つ残らず思い出せる。彼がテーブルの向かいで背中を丸めて両手を差しだしたときのようす、前かがみになった肩の形、彼の手のひらで煙草の火を揉み消したときに男の顔に現れた驚きと痙攣、しだいに和らいでいった表情と、片方の目から流れた涙、灰と煙草の脂《ヤニ》でくすぶっていた手のひらの丸い焼け跡、少し遅れて鼻の先についた紙の焼けるような匂い。

　その瞬間、伯母は自分が火傷を負ったかのように驚いた。ベランダに飛びだして、煙草を吸いながら自分がなぜあんなことをしたのか考えた。自分に対して好意しか持っていない男になぜ？　握ってもらいたくて差しだした無力な手のひらにどうして？　彼女は思わず左手の手のひらを開き、そしてすぼめた。煙草を吸い終えると、顔を上げて空を眺めた。夜空は突き破って入ってこようとするすべてのものを拒む瞳のように、黒く固く凍っていた。彼女は目を閉じ、左手を漏斗《じょうご》のように丸め、手のひらの最も深いところで煙草を揉み消した。

「彼の手のひらを焼いた理由は単純さ。うっとうしくて面倒くさかった。ただそれだけだった」

伯母《イモ》が死んだのち、私は彼女が毎日通ったというカルチャーセンターの一階にある図書館に行ってみた。窓際には、パソコンが置かれた横長のバーテーブルに椅子が六脚あり、そのうしろに四人がけの机が四つと、椅子が十六脚、壁に沿って「コ」の形をした開架式の書架があった。パソコンを使っている人が三人、閲覧席にすわっている人が七人ほどいる。老人もいればパソコンの前で遊んでいる小学生もいて、まるで住民の憩いの場のようだった。

私は伯母がいつも本を読んでいたという閲覧室中央の、四角い柱の隣の席に行ってみたけれど、そこには髪が長くて太った二十代半ばの女の人がすわっていた。私は女の人と一席離れた、窓の見える場所にすわった。室内はせまくて、隣の席とのあいだに仕切りもないので、少し離れていても他の人の息づかいやページをめくる音が聞こえてくる。私はノートパソコンを取りだし、なにか書こうかと思いながら、ぼんやりと窓の外に視線を向けた。二月の風景は荒涼としていた。伯母は荒涼とした二月を、ここで二回過ごしたのだ。

私は伯母から聞いた話をテウにも聞かせてやりたかったが、どこから始めたらよいかわからなかった。このままだと永遠に話せないかもしれない、とも思った。伯母自身も、その夜のことを何度もくり返し話しているうちに、どこかしら内容が違ってきてはいないかとたずね、私もそんな気がすると答えた。そもそも記憶というものは、言葉と時間を経るたびに、もぞもぞ動いて場所を変えるものなのかもしれない。

最後に伯母を訪ねていったとき、彼女はずいぶん衰弱していたので、少しずつ切って話した。その日に聞いたことは、以前の話とまた少し違っていた。

「わたしだって、はじめから、こんな人間だった、わけじゃない。インドの被差別民みたいに、だれにも、どうにもならないような。わたしのせいでも、世の中のせいでもない。でも、うっとうしいからとか、面倒くさいからといって、だれかを殺さなかっただけでも、マシだね。ただちょっと焼いただけ。手のひらだから、すぐ治ったはず。それが、わたしの生きる、希望だった」

彼女は私に唇に水を含ませてほしいと手招きし、私はガーゼを麦茶で濡らして彼女の口に当ててやった。

「ここには、本もないのに、のどが渇くねえ」

彼女は子犬のように目を閉じたまま水を吸った。

「あれは、なんだったんだろう……わたしに、生きる力をくれた……あの執念深いもの……」

そのとき伯母の顔は、以前、義母が彼女の手紙の話をしながら、文体から感じた恐ろしくて物悲しい感情はなんなのかと、考えこんでいた表情と似ていた。彼女はそのまま眠ったのか昏睡したのかわからない状態に陥り、義母がつきそっていた翌日の明け方、息を引き取った。

アパートの保証金と通帳のなかの現金は、彼女の遺言どおりに相続された。もともと優先順位でいうと母親が全額相続されるはずだが、彼女は母親に三分の一、妹に三分の一、そしてテウと私に三分の一を残すと決めていた。伯母の母は私たちと話し合って、長女の遺産をすべて一人息子の借金返済に使いたがったが、義母は断固として拒《こば》んだ。そして私たちがどんなに遠慮しても、私たち夫婦の口座に伯母の遺産をふりこんだ。

口座にふりこまれた八桁の数字を見て、私は心が痛んだ。ひと月に三十五万ウォンしか使わない彼女なら、九年と五カ月のあいだ暮らせる金額だった。長く見つめていると、数字は彼女と世の中のあいだを、世の中と私のあいだを、そしてこんなにも悲しくて恋しいのに彼女と私のあいだを引き離している、永遠に触れることのできない距離のようにも思われた。

カメラ

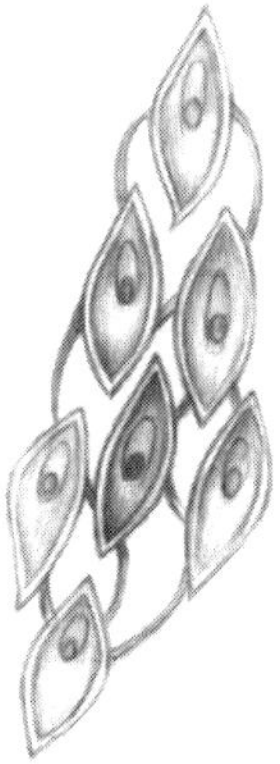

それはもしかすると、十年前に自治体の責任者が、その道をアスファルトで舗装するかわりに、石畳の道にしようと決めたのが原因かもしれない。いや、それよりは二年前にムンジョンがクァンジュに、写真を習いたい、と言ったからかもしれない。正確には一年九カ月と三日前だ。二人が最後に会ったのは一年七カ月と二十四日前なのだが、ムンジョンがそう言ったのはそれより三十九日前だった。ふと思いついただけだった。

　写真を習って撮ってみたいな。

　じゃあ撮ろうよ、とクァンジュが言った。僕がカメラのいいの買うから、いっしょに習って撮ろうよ。それを聞いたムンジョンは、そんなの無理、という顔をした。カメラってものすごく高いのよ。彼が彼女の肩をトンとたたいた。歯ぎしりしないで、ムンジョンさん。気がつくと、彼女はあごを突きだし、前歯をギリギリと横にすりあわせていた。来学期は助教（学科の業務を助ける仕事。おもに大学院生が行う）になれると思うし、そしたら給料だってもらえる。教育公務員だから教員と同じくらいの給料が出るんだって。すごいよね。

　クァンジュが助教になってそのすごい給料をもらうよりも前に、二人は別れた。そして今日の午後、ムンジョンは彼が買ってやると言っていたカメラを宅配で受け取った。差出人はクァンヒだった。クァンヒは先週の木曜日、いったいいつ、わたしのどんな話からクァンジュとの仲に気づいたのだろう？　だったらなぜ最後まで知らないふりをしたのだろう。ムンジョンはそう思ったが、いまとなってはもうどうでもよかった。

先週の水曜日、朴《パク》アナが電話で、今度の木曜日の集まりは夜ではなく昼にしないかと言ってきた。ムンジョンは試験を目前に控えていたのでどうしようかと迷ったけれど、行くと答えた。昼食のあと、場所を替えてお茶を飲んだとしても、二、三時間もあれば充分だろう。

「クァンヒさんも来るんですって」

朴アナが思い出したように言った。

「ずっと来なかったのに」

ムンジョンが驚いて言った。

「まったくよね。なにやってたのかしら」

朴アナはあまり興味のなさそうな口調でそう言うと、電話を切った。アナウンサーに共通して言えるのは、機械を通した声のほうが生《なま》の声よりいいという点だ。クァンヒさんに会えるのか、そう思うと、ムンジョンは妙な気分になった。別れた恋人の姉。でも相手はそのことを知らない。

ラジオの番組がうちきりになって二年過ぎたいまでも、メンバーは定期的に集まった。今度の木曜日の集まりは、当時、番組の進行役だった男性ミュージシャンと、朗読を担当していた朴アナが結婚する前に一度会おうと計画したものだった。この集まりが続いているのは、おそらく二人がいたからだ。彼ら以外のメンバーには、チャンPDと構成作家のムンジョン、そしてクァンヒがいた。クァンヒの仕事はとくに決まっていなかった。飲み物やお菓子を出したり、ゲストをスタジオに案内したり、書類を作成したり、駐車券を渡すなどの雑用を任されていた。番組が終了したあと、クァンヒとムンジョンだけは他の番組に引き抜かれなかった。クァンヒも初めは集まりに顔を出していたが、しだいに足が遠のいていった。朴アナの話だと、電話をしても出ないし、メッセージを送っても返事をしないか、またはひと言、参加できないと知らせてくるだけらしい。いっしょに仕事をしているときは気づかなかったけど、なんか感じ悪いよね、と朴アナは水滴の弾けるような声で文句を言った。

木曜日の集まりは思ったよりずっと早くに終わった。江南《カンナム》にあるパスタの店で会い、食事のあとは場所を変えずにコーヒーを飲んだ。結婚を控えた両人になれそめ話などをざっと聞き、招待状を受け取ってお開きになった。二人は結婚式の準備で忙しいのか慌てて駐車場に下りていき、チャンPDも急ぎの用があるからとタクシーに乗って行ってしまった。

午後二時を少し過ぎた時間に、江南大路《カンナムテロ》沿いにムンジョンとクァンヒだけがぽつんと残された。秋の空は澄みわたり、日差しは乾いている。街路樹の葉はどんぐり色に染まっていた。ムンジョンがどこかでお茶でもしないかと誘おうとしたとき、クァンヒが口を開いた。

「これからどうするの？　わたしは電車に乗るんだけど」

「わたしも電車です」

「ああ、そう」

クァンヒの態度がどこかうわの空だったので、ムンジョンはお茶でも、と言おうとしてやめた。クァンヒは食事のあいだ中、無理やり連れてこられたかのように黙りこくっていた。そして招待状を受け取ると、悪いけどわたしは行けないわ、と言い、その場の雰囲気を気まずくさせた。みんなは、だったらなぜ来たのよ？　という顔をした。

二人は地下鉄の駅に向かって歩いた。駅の改札口を入ったとき、クァンヒはムンジョンにどこまで行くのかたずねた。ムンジョンが自分の降りる駅の名前を言うと、クァンヒは足を止めた。

「え？」

ムンジョンはもう一度駅の名前を言った。クァンヒは低い声で、駅の名前を何度もつぶやいた。初めて聞く駅なのかと思ったムンジョンは、その前の駅とつぎの駅の名前を教えた。

「知ってるわ、そこ」

そう言うと、クァンヒは重い足取りで歩きはじめた。ムンジョンもいちおうクァンヒにどこで降りるのかたずねた。

「え？」

クァンヒがうつろな表情で訊き返した。

「だから、どこで降りるんですか」

「ああ。わたしはもっと先のほう」

答えになってないじゃない、と思ったが、ムンジョンはそれ以上たずねなかった。朴《パク》アナの言ったとおり、いっしょに仕事をしているときは気づかなかったけれど、なんだか嫌な感じがした。

クァンヒは地下鉄に乗っているあいだ、ずっと真っ暗な窓をぼんやり眺めていた。降りる駅が近づいてきたのでムンジョンがあいさつをすると、クァンヒは面食らったような顔をした。ムンジョンが隣にいることすら忘れていたようだった。ムンジョンはくるっと背を向け、降りようとしている人たちのうしろに並び、電車が止まるといっしょに降りた。クァンヒが自分を見ているはずもないと思ったのでふり返らなかった。

電車が轟音とともに去ったあと、ムンジョンは誰かが自分を呼んでいるような気がした。まさかと思ってふり向くと、クァンヒが立っていた。

「なぜここに?」

「それが……」

クァンヒは口ごもった。

「この町に用でもあるんですか」

「そうじゃなくて」

「ならどうして?」

「だから、わたしもよくわからないの」

ムンジョンはクァンヒの小さな目をのぞき込んだ。見たところ、目がとろんとしているわけでも狂気じみているようでもなかった。ムンジョンが何を疑っているのかを察したクァンヒは、かすかに笑った。

「まだ気がふれてるわけじゃないから」

ムンジョンもフッと笑った。

「ムンジョンさん、わたしと一杯どう?」

ムンジョンが驚いて、お酒ですか? と訊き返すと、クァンヒは、一人で飲むのは怖いから、と言った。

「どうして?」

「なんとなくこの町が」

クァンヒは困ったような顔をして辺りを見回した。どこにでもある、ふつうの地下鉄駅だった。

「この町がどうしたの?」

「知ってる飲み屋もないし」

ムンジョンは急に意地悪したい気持ちになった。

「じゃあ、わたしがいいお店、紹介しましょうか。チキンとビールがおいしいところを」

「そうじゃなくて」

クァンヒは金を借りにきたかのように、両手を交互にさすりながら汗をぬぐうような仕草をした。

「わたしがおごるから。飲みたくなければ、少しのあいだ隣にすわってて。この町のある場所に行く用があるんだけど、ううん、行かないかもしれないし、行ってみたい気もするし、どうすればいいかわからなくて。少しだけでいいから、わたしといっしょにいてくれないかしら。ムンジョンさん」

この町に用はないんでしょ? ムンジョンはそう言いかけてやめた。

クァンヒが何でもいいと言うので、ムンジョンはつぶ貝の和え物《コルベンイムッチム》と生ビールをたのんだ。フライドチキンがおいしい店なのだが、昼ご飯を食べたばかりだし、クァンジュがこの店のチキンが好きだったのを思い出して、なんとなく寂しい気持ちになったからだった。

「この町にはもう長いの？」

クァンヒが訊いた。

「三年と少し前から」

ムンジョンが言った。

「知らなかったわ」

「わたしたち、そんなに親しくなかったのかも」

「そうだったかしらね」

そう言って、クァンヒは笑うふりをした。彼女の顔は小さな目、小さな鼻、小さな口に、頬骨が少し盛り上がっていて、小さな丘にはさまれた小さな村を思わせた。

つぶ貝の和え物と生ビールが運ばれてきた。二人はジョッキを交わしてビールを飲んだ。ムンジョンは、ずっとビールを飲みたいと思っていた自分に気づいた。クァンヒは両手にフォークを持って、つぶ貝の和え物とそうめんを混ぜはじめた。以前、酒の席で箸をそろえたり、食べ物をそれぞれの皿に分けたり、勘定をするのはクァンヒの役目だった。ムンジョンが、ここまで来てそんなことをしなくてもいいと言っても、クァンヒは、気にしないで、いつもやっている人がやったほうがいいのよ、と言った。ムンジョンが、いまどんな仕事をしているのかとクァンヒにたずねると、ワンルームテル（部屋一つのワンルームで、トイレ、シャワーが共同なのが一般的。セキュリティーがしっかりしている）を管理する総務の仕事をしていると言った。クァンヒに同じことをたずねられたムンジョンは、教員国家試験の勉強をしていると答えた。受かればあなたの弟と同じくらいすごい給料がもらえるのだとは言わなかった。

「その試験、とっても難しいんでしょ？」

クァンヒがフォークをおろして言った。

「ええ、いちおう試験だから」

「そうね」

テーブルの左側で、秋の午後の日差しが大きな長方形を描いていた。ビールのジョッキに日の光が反射して泡がキラキラと輝き、つぶ貝の和え物を盛った皿では、青々としたキュウリの皮がみずみずしく光っている。いっしょにラジオ番組をやっていた二年前、ムンジョンは二十八歳で、クァンヒは二十九歳だった。クァンジュは二十七だった。いまでも二十代なのは彼だけだと、ムンジョンは思った。クァンヒと二歳違いのクァンジュは二十七だった。窓の外では砂時計のように腰のくびれた鉢に、黄色い小ぶりの菊がこんもりと半円形に花を咲かせている。

ムンジョンが混ぜて赤くなったそうめんをフォークに巻きつけたとき、クァンヒがいきなりこう言った。

「わたし、どんどん悪い人間になっていってるみたい」

「みんなそうですよ」

ムンジョンが軽く答えた。

「そうかしら？」

ムンジョンはそうめんをツルツルっとすすってから言った。

「歳をとるからでしょ」

「そうじゃないって知ってるくせに。ムンジョンさんも、なんとなく感じてるでしょ？」

そうめんをすするのをやめてムンジョンは訊いた。

「わたしがなにを……？」

ところがクァンヒはムンジョンの言葉をさえぎって、急に関係のない話をはじめた。

「うちのワンルームテルね、入り口のドアの番号が３３６６＃なの」

クァンヒは歯が痛むときのように顔の半分をしかめて言った。

「こんな簡単な組み合わせなのに、間違えてばかりいる男の人がいるのよ。外国人で、不法滞在者らしいわ。毎回、ピーってエラーを出すの。あるときは二回目、ひどいときには三回目にしてようやく入ってくることもあるんだけど、それでもダメなときはわたしが開けてやらないといけないの。いつだったか数回目にしてやっと入ってきた彼が、３３６６がどうのこうの言うのよ。よくよく訊いてみると、番号はちゃんと押したんだけど、今度は＃じゃなくて＊を押したんですって。だからドアの形を思い出して、って言ってあげたの。ドアの形は＊より＃に近いでしょ？」

ムンジョンはうなずいた。

「そうですね」

「でもこりずにまた＊を押すのよ。そのたびに、ドアを思い出してって言うんだけど、ちょっと笑っておしまい」

「すごく頭の悪い人なんですね」

「わからない！　わからない！　わからないのよ」

クァンヒは首を激しく横に振った。ムンジョンは彼女の唐突な行動を見て、具合が悪いのは本当らしいと思った。クァンヒはビールを一口飲んでから、またべつの話をはじめた。

「ニュースで見たのだけれど、ある人が夜道を歩いているときに、ある男が路地でなにかをしてたんですって。それでその人がその男を写真に撮ったんですって」

ムンジョンはクァンヒが何を話しているのか理解できなかった。いったい誰が誰の写真を撮ったというのか。もしかしたらこれはクァンヒに問題があるのではなくて——寺や考試院《コシウォン》（司法試験などの受験生が住む二～三畳ほどの小さな部屋）のようなところで長いあいだ引きこもって勉強している人にありがちな——自分のほうが相手とコミュニケーションをとれないでいるのではないかと、ムンジョンは思った。

「路地を歩いているときにその男が近づいてきて、自分の写真を撮っただろって訊いたんですって。彼は撮ってないって答えたんだけど、男が、シャッターを押す音が聞こえた、早く消せって言い張るんですって。彼は本当に撮ってないと言って、通りすぎようとしたんですって」

クァンヒはビールを一口飲み、途中で誰かに口をはさまれてはいけないとばかりに話を続けた。

「男はなにか硬いものを拾ってきて、彼の背中を殴りつけた。そのあと倒れた彼からカメラを奪って逃げたんですって」

「恐ろしい世の中ね」

ムンジョンが答えた。

「男は不法滞在者だったらしいの。だから、写真を撮られたら捕まると思ったんでしょ。帽子もかぶってたらしいのに」

クァンヒはビールを飲み、呼吸を整えてから落ち着いた声で言った。

「わたし、総務だから、部屋の鍵はぜんぶ持ってるのよ」

集中して話を聞いていたムンジョンは、さらに緊張して耳を傾けた。

「ときどき、不法滞在者の部屋に忍びこんで、冷蔵庫のなかの飲み物に薬を入れる想像をしてみるの。どんな薬を入れたらいいのか、どこで薬を手に入れたらいいのか、そこまではよくわからないけど、とにかく薬を入れるの」

「……クァンヒさん」

「そんなことを考えてると夜も眠れないわ」

ムンジョンは思わずたずねた。

「弟さんは？」

クァンヒは聞こえないふりをした。

「あちこち不法滞在者だらけよ。うちのワンルームテルにだってそんな人間がうようよしてるわ」

ムンジョンは、うようよしているという言葉に少し鳥肌が立った。

「来月、仕事をやめるの。引越しもするの。いまのままじゃ、わたし、きっと狂ってしまうから」

「クァンヒさん」

「なあに？」

クァンヒがフォークでサラダをかき回した。

「弟さんと暮らしてるんじゃなかったんですか」

「弟?」

クァンヒは悪夢から覚めたばかりのように、不機嫌そうな顔でムンジョンをにらみつけた。

「弟さんよ。いまはいっしょに住んでないんですか?　結婚したとか?」

クァンヒがサラダをかき回していたフォークをおろした。フォークの先についたドレッシングがにんじん色に光った。

「ムンジョンさん」

ムンジョンは気まずそうに腕をさすりながらクァンヒを見た。クァンヒは怒っているようにも見えたし、どこか具合が悪そうにも見えた。ムンジョンはクァンヒの口から彼が結婚したと聞かされても、動揺するまいと自分に言い聞かせた。

「わたし、ムンジョンさんには弟の話をしたことあったかしら」

「え?」

「わたしたち、そこまで親しくなかったでしょ?　わたし、めったに弟の話はしないのよ。なのに、ムンジョンさんに弟のことを話したのかしら」

「会ったことだってあるのに」

ムンジョンが言った。

「え?　誰に?　クァンジュに?　ムンジョンさんが?」

クァンヒが心から驚いているようだったので、ムンジョンも驚いた。

「本当におぼえてないいんだ」

「なにを？」

「編成替えのとき。ほら、うちの番組がなくなるって話をチャンPDがどこかから聞いてきた日よ」

「その日がなに？」

「みんなプンプンしてお酒を飲んでたじゃない？　でも二次会が終わったらわたしたちしか残っていなかった。今日みたいに」

クァンヒは思い出せそうで思い出せないといった顔をして、ムンジョンの話に耳を傾けていた。

「クァンヒさんがもう一杯飲もうって誘うから。そういえば今日もクァンヒさんが先に誘ったんだっけ」

「それで？」

「それで、わたしたちだけでコプチャン焼きの店に行ったのよ」

「ああ、思い出したわ」

クァンヒがにっこり笑った。以前はよく笑う人だったのに、とムンジョンは思った。

「そうだった。すごく寒い日だったのよね？　わたしたち二人でどこかに行ったおぼえはあるんだけど、コプチャン焼きのお店だったのね」

「それから……」

ムンジョンは言いかけてから少しためらった。クァンヒが興味津々といった表情で急かした。

「それから？」

「その日は、クァンヒさんの弟さんが除隊した日だったでしょ？」

クァンヒの表情がこわばった。

「そのことを忘れてべろべろに酔ったクァンヒさんを、弟さんが迎えにきたのよ」

クァンヒはしばらくぼんやりとしていたが、急にテーブルに体を寄せて、目もとを手で押さえた。

テーブルの左半分を照らしていた日差しは、いつのまにか紐のように細くなっていた。ムンジョンはこれ以上話すのはやめようと思った。彼とつきあっていたことは話さないほうがいい。どのみち別れたのだから。

ムンジョンは彼をクァンジュと呼び、彼はムンジョンのことを初めはヌナ（男性が親しい年上の女性を呼ぶときの呼称、おねえさん）と呼んでいたが、三度目に会ったときからムンジョンさんと呼んだ。ムンジョンが口止めしたので、クァンヒは二人がつきあっていることを知らなかった。べつに隠す理由もなかったけれど、そのときはまだ時期尚早に思えた。いっしょに仕事をしていた同僚の弟と、姉といっしょに働いていた同僚がつきあっているなんて決まりが悪いし、まだつきあって間もなかったからだ。別れなければいつかクァンヒに話していただろう。

二人が最後に会ったのは映画館だった。だから、別れたのも映画館だった。一年七カ月と二十四日前、複合ショッピングモールの屋上の駐車場で、二人は並んで、手すり越しに見える黒く曲がった線路と街の灯りを眺めていた。彼はクァンヒが買った春の上着を着ていた。濃いブラウンに不織布模様の細い折り目の入った高価なものだった。

ムンジョンが屋上の花壇に腰を下ろすと、彼が上着を脱いで差しだした。

これにすわって。

いいよ、大丈夫。

これにすわりなって。

いいってば。

ムンジョンは彼の腕に上着を戻した。

すわりなよ。ズボンが汚れちゃうから。

彼は上着をムンジョンの脇に敷いた。彼女はすぐに上着を取ってパンパンと埃を払い、彼に渡した。

汚れるでしょ！

ムンジョンは花壇にすわったまま、クァンジュは立ったまま、黙って煙草を吸った。煙草をもみ消し、上着に腕を通しながらクァンジュが言った。

ムンジョンさんって、ほんと意地っ張りだね。

ムンジョンは、そういうあんたは、と言おうとしてやめた。

二人は映画館に入り映画を観ているあいだ、何も話さなかった。映画館を出て煙草を吸っているときも、ひと言も喋らなかった。二人は口をつぐんだまま、ジェスチャーで別れのあいさつをした。それが最後だった。ムンジョンも連絡をしなかったし、クァンジュからも連絡がなかった。クァンジュはムンジョンのジーンズが汚れるのを心配し、ムンジョンはクァンヒが買った新しいジャンパーを汚したくなかった。それだけのことだった。胸をときめかせて始まった二人の恋愛は、ふた月も経たないうちにあっけなく終わった。

それ以来、ムンジョンは前歯で歯ぎしりをする癖を治そうとした。どこからか歯ぎしりしないで、ムンジョンさん、という声が聞こえてくるようだったし、そのたびに自分はまだ彼を待っているのかもしれないと思った。二カ月後、ムンジョンは病院で手術を受けた。そのとき、その癖もともに消えた。


クァンヒが顔を上げ、沈んだ声で言った。

「うちのクァンジュに会ったことがあったのね」

「ええ、一度会いました」

ムンジョンは一度を強調した。

「あの日、わたし、弟が除隊する日だってことを忘れるくらいお酒を飲んだのね」

クァンヒは両手でビールのグラスを包み、ぼんやりとのぞきこんだ。

「わたし、あのころ、チームのみんながとても好きだった。チャンPDもそうだけど、ムンジョンさんが一番好きだったわ。今日だってムンジョンさんに会いにきたのよ」

「そうなんですか」

ムンジョンは無性に悲しくなった。どうかクァンヒさんがこれ以上悪くなりませんように、と願った。

「適切な待遇を受けている、そういうのをムンジョンさんに初めて感じたわ。なのにわたし、ムンジョンさんにも弟の話をしなかったのね」

「どうしてしなかったんですか」

クァンヒはしばらく考え込んでから言った。

「秘密」

「あ、秘密なんだ」

ムンジョンは理由を言いたくないという意味に取っていたが、そうではなかった。

「わたしの弟は誰も知らない、わたしだけの秘密だったの」

「ああ、そういう秘密」

「子どもっぽいでしょ？」

「いいえ、ぜんぜん」

「それだけじゃないかもしれない」

「どういうこと？」

クァンヒが浅い吐息をついた。

「正直、うつるといけないって思ったから」

「うつる？」

「わたしに弟がいるって知ったら、みんなわたしと弟を重ね合わせるでしょ？　そうなるとわたしの境遇とか条件、そういったものが弟にうつってしまうんじゃないかと思ったの。わたしの言ってること、わかるかしら？」

「ええ、少しは」

「つまり、クァンジュはわたしとは似ても似つかないのに、おなじレベルだと思われるんじゃないかって。病気がうつるみたいに、わたしの厄運があの子にうつるんじゃないかって。迷信みたいでしょ?」

「まあ」

ムンジョンは頭が混乱してクァンヒにたずねた。

「弟さんとはそんなに違うんですか」

「ええ、違うわ」

「どんなところが?」

「あの子は信用できるのよ」

「信用できる?」

ムンジョンはそれに対して少し懐疑的だった。クァンジュが信用できる人間なのかどうか確信が持てなかった。

「クァンジュはね、いい大学に入れなかったのよ」

クァンヒはそう言って、悲しそうに笑った。

「でも大学に入ったとき、自分とある約束をしたんですって。それからは本当によく本を読んでたわ。図書館から何冊も借りてきては、返却日までにぜんぶ読まなきゃって徹夜して。狂ったように勉強ばかりしてた。大学院はいいところに入って、それまで以上に勉強してたわ。自分は実力が足りないんだって。くわしくは知らないけど、あの子の修士論文、よく書けたってほめられたんですって」

「そうでしょうね」

「やっぱりそう思う？　ムンジョンさんが見て、うちのクァンジュ、どうだった？」

ムンジョンは初めて彼を見たときのことを思い出してみた。

「ハンサムな『ペ』のようでした」

「ペ？　果物の梨《ぺ》？」

「いいえ、海に浮かぶ舟《ぺ》」

「帆掛け舟のような？」

「帆掛け舟のような」

「どうして？」

「見ているだけで気分がいいから。容姿端麗でやわらかで」

「ああ、ほんとね。容姿端麗で、それから？」

「やわらかで」

「やわらかで。ムンジョンさんはクァンジュを一度しか見ていないのに、よくわかるのね」

こらえていたものがどっとあふれ出すように、クァンヒは弟のことをしきりに話したがった。

「クァンジュは軍隊に行くときも、休暇をもらって出てきても、勉強で遅れをとるんじゃないかって不安がってたのよ。でもわたしはぜんぜん心配しなかった。あの子を信じてたから。自分のことは信じないのにね。復学したあとはすぐに助教になったのよ」

「そうでした」

ムンジョンはどさくさにまぎれてこう答えてから、しまった、と思いクァンヒを見た。幸いにもクァンヒは、彼女の相づちを単なる社交辞令だと思っているようだった。

「助教になるの、それはそれは難しいんですって。給料も教員と同じくらいだっていうし。初めての給料日に、クァンジュが今月分は自分がみんな使ってもいいかって訊くのよ。だから、来月のも使いなさいって言ったの。わたしは心からあの子のこと信用してたから。でもあの子は、今月だけ自分が使うって」

「そのつぎの月からはもらったんですか」

クァンヒが苦々しく笑った。

「いいえ」

「ひどい弟さんね」

「ひどい弟よ。あんなひどい子だとは思わなかった」

ムンジョンは、信じてるんじゃなかったの？　とたずねようと思ってやめた。クァンヒの目に涙が溜まっていた。姉と弟のあいだに何か不和が生じたのだろうが、それがどういう類の不和なのか、ムンジョンにはわかるようでわからなかった。

「でもクァンジュは、本当に精一杯生きたのよ」

ムンジョンはクァンヒが過去形を使うのに少し腹が立った。それは、いまは精一杯生きていないという意味になるからだ。

「いまはいっしょに暮らしていないんでしょ？」

「いまはいっしょに暮らしてないわ。いっしょに暮らしたのはクァンジュが大学に入ってからだから、十年間くらいね」

クァンヒが思い出したように、隣の椅子に置いてあったカバンを持ちあげた。

「これね、クァンジュが初めて給料をもらったときに買ってくれたのよ」

ダークブラウンの革バッグだった。去年の春にクァンヒが彼に買った上着の色と似ている。兄弟そろってどんぐり色が好きなのか、とムンジョンは思った。

「それとカメラを買ったの」

「カメラ?」

ブランコをこいでいるときみたいに、ムンジョンの目の前がぐらっと揺れた。

「ずいぶん高かったらしいわよ。友だちといっしょに写真を撮る約束をしたんですって。カメラを買ってきた日、使い方をおぼえようとマニュアル見ながら部屋のなかで撮ったり、外に出て撮ったり。空気を押し出すゴムボールみたいなのがあってね。エアーブロアーっていうんだけど、それをレンズにシュッシュッと吹きかけると、埃が吹き飛ぶんですって。それを何度も吹きかけるの。それからベルベットの布でまたていねいに拭くのよ。まるでやんちゃ坊主がずっと欲しかったおもちゃを手に入れたみたいだった。クァンジュがあんなに幸せそうな顔してるの、初めて見たわ。あら、ムンジョンさん、酔ったの? 顔が真っ赤よ」

ムンジョンはすっと立ち上がり、トイレに行ってくると言った。トイレの鏡に映った彼女の顔はとても赤かった。彼女はしばらくのあいだ、息ができなかった。

二人はそれぞれ、500㎖ビールの五杯目を飲んでいた。麺が伸びてしまったつぶ貝の和え物を片づけてもらい、追加でたのんだフライドチキンは手つかずだった。

「さっきのニュースに出たっていう話だけど」

ムンジョンが重い口を開いた。

「そのときカメラを盗られた人、どうなったんですか」

「知りたい？」

「わからない」

「知りたくないなら訊かないで」

「知りたいです」

クァンヒがムンジョンをじっと見つめた。ムンジョンはこんな奇妙な眼差しを見たのは初めてだった。小さな丘のある小さな村にはもう誰も住んでいないのよ、と言っているようだった。その空っぽの村に捨てられた倉庫のように、寂しげで虚ろな眼差しだった。

「死んだわ」

クァンヒのあまりにあっけない返事に、ムンジョンは実感がわかなかった。

「どうして？」

「運が悪かったのよ。拳《こぶし》くらいの大きさの石を敷きつめた石畳の道だったそうよ。カメラを奪われちゃいけないと思ってがっしり握っていたから、転んだときに手をつけられなくて、その人は真正面から頭を石にぶつけたんですって」

「石畳の道」

　ムンジョンがつぶやいた。

「石畳の道」

　クァンヒがつぶやいた。ムンジョンは、自分の降りる駅の名前をおうむ返ししていたクァンヒの低い声を思い出した。

「不法滞在者がその人の握りしめた指を一本一本開いて、カメラを奪っていったんですって。ぶるぶる震えながら」

　ムンジョンは、食品サンプルのようにこげ茶色に固まったフライドチキンをにらんだ。この色、この色、と考えた。この姉と弟、この姉と弟、どんぐり……ほどの大きさだった……子ども……。その瞬間、ムンジョンの上半身が引きつった。

「ムンジョンさんには弟がいる？」

　クァンヒがたずねた。ムンジョンは体を震わせながら、首を横に振った。

「もしいたら、なんて名前だったのかしら」

　ムンジョンはクァンヒが何を言っているのか理解できなかった。

「ムンギ。キム・ムンギ。キム・ムンジョン、キム・ムンギ」

　クァンヒが秘密を教えるかのように、ひと言ひと言ゆっくりと言った。

「クァンジュの携帯にあったのよ。キム・ムンギって名前が」

ムンジョンはテーブルの上につっぷした。クァンヒが立ち上がった。ムンジョンはクァンヒが出ていってしまったらどうしようと思いつつも、身動きできなかった。クァンヒがこの町で独り酒を飲むのは怖いと言っていたのを思い出した。クァンヒはムンジョンの隣にすわり、彼女の背中に手をのせた。その手はじっとりと湿っていた。


日が暮れて、店のなかはずいぶん賑《にぎ》わってきた。二人はぼんやり向かい合ったまま、ときどき思い出したようにビールを飲み、黙ってトイレに行き、ビールを飲んでしまうともう一杯たのんだ。ムンジョンが一度外に出て煙草を吸った。どのくらい時間が経ったのか、どのくらい飲んだのか、二人ともよくわからなかった。やるべきことを後回しにするために、必死でとぼけているようにも見えた。

「クァンジュはわたしみたいな姉がいるの、恥ずかしくなかったかしら」

クァンヒはろれつが回らなくなっていた。

「そんなことないです」

クァンヒが少しとがめるような視線を向けたので、ムンギョンは言い直した。

「そんなことないと思います」

「ムンジョンさんもそんなことないと思うでしょ?」

「そんなことないと思います」

なぜかクァンヒは何も知らないかのように、何事もなかったかのように話している。しかもムンジョンにもそうすることを要求しているようだった。しばらくしてクァンヒがまたたずねた。

「ムンギという友だちも苦しんだのかしら」

ムンジョンはうなずいた。

「携帯の番号もそのままだと思います」

「そうなのね」

「引越しもしていないと思います」

「そうなのね」

ムンジョンは歯ぎしりする癖も治したと言いかけて、やめた。いまそんなことを考えるのは危険だった。

「わたしね、ムンジョンさん。貧しくて、学がなくて、考えのない人たちが憎いわ。3366#もろくにおぼえられなくて、ドアの形が#なのか*なのかもわからない人たち」

クァンヒはそう言ってフッと笑った。二人は長いあいだ、黙ってビールを飲んだ。クァンヒがムンジョンを見つめた。

「ずいぶん目が腫れてるわよ」

ムンジョンは何も言わずに首を振った。

「以前、クァンジュがお酒に酔ってこう言ったの。姉さんは悪人にはなれないよ、って。べつに善良だからじゃなくて、悪に対して無能だって言うのよ。そのときはなにを言っているのかわからなかったけれど、いまはわかるような気がする」

「わたしはわかりません」

濡れたナプキンをくしゃくしゃにしながらムンジョンは言った。

「わたしが無能だからかもしれないけれど」

クァンヒが首を横に伸ばした。

「悪人になるって、すごく大変なことなのよ、ムンジョンさん」

ムンジョンは酔っぱらった頭でクァンヒをありがたく思った。クァンヒがこんな見え透いた芝居を貫いているのは、ムンジョンが自分のように悪人になってはいけないと思っているからだろう。嘘でもいいからムンジョンに虚構の余地を残してやろうとしているのだった。ムンジョンは断られるのを承知でたずねた。

「オンニ（女性が親しい年上の女性を呼ぶときの呼称、おねえさん）って呼んでもいいですか」

「ダメよ」

「どうして？」

「それは……よくないわ」

ムンジョンは、誰に？　と訊こうとしてやめた。


二人はふらふらしながら店を出て、約束でもしていたかのように石畳の道の方に歩きだした。遠くから見ると、黒い線が引かれた、灰色の碁盤のような道だった。

「誰がこんな道を作ろうって言いだしたのかしら」

クァンヒは石畳の道に足を踏み入れるなり、よろけそうになった。ムンジョンがクァンヒの肘を押さえた。

「町内でも不満の声が高いんです」

「転ぶ人も多いでしょうね」

「ええ。とくに女の人は嫌がってます。かかとのある靴をはいてて足首をくじく人も多いし、石の隙間にヒールがはさまって折れる場合もありますから」

クァンヒが街灯を通りすぎたところで立ち止まった。ムンジョンはここなのかと思った。自分の家からほんの百メートルしか離れていなかった。

「その人の家族は、この石を全部掘り起こしてしまいたいでしょうね。たとえ爪が剝がれても、指が折れてもいいから」

そう言ってクァンヒはでこぼこ道にうずくまり、敷石をにらみつけた。ムンジョンもかがみこんだ。石の表面は粗く、血の跡など見当らない。クァンヒが石の上に手をのせた。ムンジョンはその上に手を重ねた。

「うつるかな」

ムンジョンがささやくように言った。

「うつらないわよ」

クァンヒが言った。

「うつればいいのに」

「いいえ、うつらないわ」

彼女たちは長いことそうしてすわっていた。まるで時間の止まってしまった世界で、二人の乗った帆掛け舟だけが真っ暗な川を流れていくようだった。クァンヒが膝の上においたムンジョンの拳をやさしく広げながら言った。

「そんなに強く握りしめないで。力を抜けば楽になるのよ」

ムンジョンは、そういうオンニは？　と言おうとしてやめた。そのかわり、あごを突き出して前歯をゆっくりと横にすりあわせながら、市場のほうへと続く路地を見つめた。

それはもしかすると、十年前、その道を舗装するために自治体が石を敷いたからかもしれないし、それよりは一年九カ月と三日前に、ムンジョンがなにげなく写真を撮りたいと言ったからかもしれない。人生において取り消すことのできるものは何ひとつない。なにげなく言った言葉であれ、思わずとった行動であれ、一度口から飛び出すと、石のように硬い必然になる。

あの日、クァンジュは上機嫌だった。石畳の道から右に折れた路地は暗かった。紐で縛ったダンボール箱が、暗闇のなかに山のように積まれていた。そのそばで帽子をかぶった小柄な男がしゃがみこんで何かを結んでいた。クァンジュはカメラの液晶レンズからその姿をのぞいた。フレームのなかで男が動くと、黄色のズボンの皺《しわ》がぼんやりと光と影の輪郭線を描いた。彼は思わずシャッターを押した。その音に男がふり向いた。男の顔は帽子のつばで陰になって見えなかった。突きでた鼻の先と、あごの丸いラインが、霧のかかった夜の海に浮かんだ帆掛け舟のように霞んでいた。男はたどたどしく、写真を撮ったのかとたずねた。彼は撮っていないと言った。男は、消せ、消せ、と言った。彼は撮っていないと手をふり、背を向けた。

男が細長いパイプを握って近づいてきたかと思うと、彼の背中にふり下ろした。殺すつもりはなかった。怖かっただけだ。男はわなわな身を震わせながら、彼が手にしっかりと握っていたカメラを奪った。男が周りをキョロキョロ見回しながら逃げていくようすが、道の右側の街灯につけられた監視カメラに静かに写っていた。男はカメラを売る前に捕まった。自分がパイプをふり下ろした人が死んだことを、捕まったあとになって知った。

クァンヒの言ったとおり、クァンジュは信用できる人だった。彼が去年、すごい給料で買ったキャノン600Dはめぐりめぐって、今日の午後、ムンジョンのもとに届いた。ムンジョンはカメラをそっと手にとった。石畳の敷石ほどの大きさだったが、それよりははるかに軽かった。跡形もなく消えた二人のあいだの子とは違い、カメラには傷ひとつなかった。メモリーは、誰も住んでいない小さな村に捨てられた物置きのように、空っぽだった。

逆光

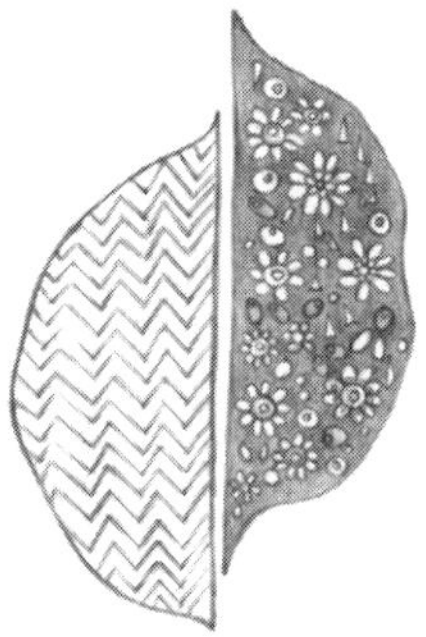

彼女が市外行バスターミナルに着き、その向かいの停留所でバスを待っているときに降りだした霧雨は、そこからさらに一時間ほどバスに乗り、村の入り口に着いたころには、雨脚がかなり強くなっていた。そして森のなかの芸術家レジデンスまで一キロあまりの道を歩いているうちに、彼女はずぶ濡れになってしまった。半月ほど前にこの芸術家レジデンスに入居したのだが、二日前にどうしても出席しなければならない新人作家の座談会があったので、街まで行き、一泊して帰ってきたのだった。彼女の傘は、レジデンスの靴箱のなかに入ったままだ。

雨が降っているからか、レジデンスの前庭には誰もいなかった。彼女は、雨に濡れてひときわ鮮やかになった赤レンガの塀に沿って、玄関まで歩いていった。玄関の正面にはドアが、左手には階段がある。ドアを開けてなかに入るとロビーがあって、事務室、食堂、スポーツルーム、図書室へと通じていた。彼女は事務室にあずけておいた部屋の鍵を受け取り、階段に向かった。雨に濡れながら外の階段を上り、二階の九号室の軒下で鍵をさそうとしたとき、背後になにかの気配を感じ、ふり返った。向かいの公用バルコニーに、人の姿があった。

部屋のなかは温かく、かすかに埃の匂いがした。濡れた服と靴下を脱いで、部屋着に着がえた。グラスに入ったろうそくに火をつけると、細長い芯がジリジリと音を立てて燃える。その音は、薪《たきぎ》が燃えているようでもあったし、はるか遠くで鳴っている爆竹のようでもあった。ベッドに腰を下ろし、濡れた髪をタオルで拭いた。冷たい雨がいつまでも降りつづく見知らぬ森のなかで、誰にも邪魔されることなく鍵を開けて部屋に入ると、自分だけの温かい安らぎの空間がある。そうね、こういうのも悪くないわ、と彼女はつぶやいた。

カバンから服と本を取りだし、コーヒーカップに焼酎を入れてゆっくりと飲んだ。飲み終えるとベッドに横になり、開いた本を二、三ページも読まないうちに眠ってしまった。寝返りを打とうとして目を覚ましたとき、彼女は、あと一、二時間もすればあたたかい夕ごはんが食べられる、と思った。そう思うと、ぐったりした体に温泉に浸ったときのようなぬくもりのある快感がゆるやかに広がってくるのだった。つぎに目を覚ますと、ひどく汗をかいていた。目を覚ましたというよりは、誰かに乱暴にたたき起こされたようだった。寝ているときにむせび泣いたのか、目もとが濡れている。頭のなかで、見たことのない人たちのうしろ姿や横顔、大きく拡大された鼻の残像が、急流のように渦巻いていた。またあの夢だった。

バルコニーの大きなガラス窓の外では、相変わらず雨が降っていた。強い風が吹きつけると灰色の暗い森を背景に、白く曇った雨粒が次から次へと叩きつけられ、窓に斜めの縞《しま》模様を作った。彼女は汗でびっしょり濡れた両手を膝の上に広げたまま、雨混じりの風が白くて薄いシルクの簾《すだれ》を垂らしたり外したりする様を、長いあいだじっと見つめていた。その模様は、規則正しそうなわけでもなく、彼女を長く待たせたかと思うと次の瞬間には、あたかも長く待たせた代価を払うかのように、幻想のドレスの裾を広げて見せるのだった。

どれだけ時間が過ぎたのだろう。スピーカーから夕食を知らせる音楽が鳴りはじめた。彼女は両手で耳をふさいだ。汗が引いたあとの手の先が冷たい。天気や風景、夢やさまざまなことがらに長いあいだ圧倒されたために、しばらく我に返ることができなかった。我に返るのが怖いのか、それとも我に返れないかもしれないのが怖いのかは、わからなかった。

食堂に下りていくと、顔なじみになった数人が、帰ってきたのかとたずね、彼女も彼らに元気だったかと訊いた。お互いそれなりの誠意をこめて、まあ無事だったのね、よかった、とあいさつとジェスチャーを交わした。

彼女は昨年デビューした新人小説家で、芸術家レジデンスに来たのは初めてだった。そこでの共同生活は思った以上に大変だった。住人たちが巨人のように迫ってくるときもあれば、俗物のように見えるときもあった。善良な英雄になったり、精神病を患っている隣人になったりすることもないわけではない。それよりも、レジデンスに入居してからしつこいほど見る夢のせいで憔悴しきっていた。午後に見た悪夢もそうだ。それはまっすぐ立つ人のシルエットに、その人に合った鼻をくっつける夢だった。たとえば、すらっと背の高い人には鼻筋の通った形のよい鼻を、肩や腰がゆがんでいる人には鼻先のとがった鷲鼻《わしばな》、腰の大きい人には団子鼻、尻が突き出ている人のにはブタ鼻をくっつけるのである。一週間ずっと、見ず知らずの人たちの体型や輪郭に合わせて、顔の中央に鼻をつなげたり重ねたりしていると、目を覚ましたときに眉間と鼻のあたりに不快な疲労感をおぼえ、ひどいときは首をしめられたような、顔を真正面から殴られたような、危うい痛みに悩まされるのだった。途中でレジデンスを出ていこうかとも考えたが、すべては彼女自身の問題なのだった。ここに入居した芸術家たちにはなんの罪もない。彼らは全体として見ると、耐えがたいほど強情で、棚に並べられた退屈な人間のようだったが、一人ひとりは高貴な存在だった。孤独な時間に耐えることで、その高貴さは光り輝いていた。だから彼女もまた、独り孤独に耐えなければならないのだった。

食堂には新しく入居した二人の芸術家がいた。一人はテレビや映画でよく見かけるタルという女優で、もう一人は見たことのない男だった。でも彼女はその男の名前を知っていた。事務室のホワイトボードに書かれた入居者リストを見ては、まだ来ていない芸術家の年齢や容貌、仕事の分野などをイメージしていたからだ。残念なことに、これまで彼女のイメージと合致した人は一人もいなかった。ウィ・ヒョンという男もそうだった。想像のなかでは小太りで背が低く、子豚のようなピンク色の肌をした、六十代の白髪の詩人だったのに、実際のウィ・ヒョンは、暗い顔をして黒縁の眼鏡をかけており、背が高くガリガリに痩せた四十代はじめの男性だった。

タルについてはすでに知っていたので、とくに想像力を発揮しなかった。それでも実際にタルに会ったときは、少し驚いた。タルはインド女性のように美しく、紫色のゴアテックスの上着に、光沢のある黒いレギンスをはいていた。とても四十歳を過ぎているようには見えない。食堂で並んでいたとき、ソンはタルに気づいてびっくりし、もしかして女優のタルさんですかと訊いた。タルがそうですと言うと、ソンは思いがけず、なぞなぞを当てた子どものように興奮し、自己紹介するのも忘れて、タルさんはテレビで見るのとおなじですね、ほんとにおんなじです、と、まるで人はテレビで見る姿とおなじであるはずがないかのように叫んだ。実は彼女も心のなかで、本当におんなじだ、おんなじ、と驚きの声を上げていた。

ウィ・ヒョンはここのルールを知らないのか、列に並ばず、一番端のテーブルにすわってうつむいていた。その姿は午後、彼女が公用バルコニーで見たうしろ姿と似ていた。厨房のスタッフは全員に食事を配り終えると、ウィ・ヒョンのところにトレイを運んだ。彼はさっと顔を上げ、スタッフを見てにっこり笑いながら、ありがとうと言った。足が不自由なのかと思ったが、彼のものと思われる松葉杖や車椅子は見当たらなかった。

彼女は、タルとソンと同じテーブルで食事をした。メニューはチャプチェと魚の煮つけ、すりつぶした豆腐を混ぜた春菊のナムルと豆もやしスープだった。彼女がタルに自己紹介をすると、べつにしなくてもいいのにタルも自己紹介をした。ソンもようやく我に返って自己紹介をした。ソンは荒っぽくて怖い印象をあたえる、わなわな震えるような奇怪な声を出す画家だった。彼女としてはできれば避けたかったが、何度も会っているうちに、狂っているかもしれないけれど悪い人ではなさそうだと、むしろ憐《あわ》れみを感じるようになった。

食事を終えた彼女たちが浄水器の前で水を飲んでいると、ウィ・ヒョンが立ち上がってトレイを戻しにいった。歩き方がぎこちなかったが、どこがどうぎこちないのか言葉で言い表せなかった。足が不自由なわけでもなさそうだ。膝も足首もよく曲がっているし、足を引きずっているようすもない。ただ、のんびり歩いているように見えて急いでいるような、ずいぶん慎重に歩いているけれど、それだけ不注意にも見える、どこかしら矛盾した歩き方だった。ウィ・ヒョンが食器を片づけ、浄水器のほうに向かっているとき、コップを置いてふり返ったタルとぶつかった。タルは少し不快そうにウィ・ヒョンをジロジロ見ていたが、やがて驚きの表情に変わった。タルはウィ・ヒョンを見ながら、彼女に囁くように言った。

「作家のウィ・ヒョンとそっくりですよね？」

彼女はタルがなにを言っているのかわからなかった。新しいスタイルの冗談なのか。それとも実際の俳優がテレビで見るのとそっくりであるはずがないように、ウィ・ヒョンが作家ウィ・ヒョンとそっくりであるはずがないという意味のユーモアだろうか。あるいはこの男はウィ・ヒョンではないという意味なのか。彼女が答えるよりも早く、ウィ・ヒョンがタルのほうをふり返った。

「タルさんですか」

「はい」

「こんにちは」

「なんてこと！　声までそっくりよ。あなたは本当に小説家のウィ・ヒョンさんとそっくりだわ」

ウィ・ヒョンは困った顔で、自分はウィ・ヒョンではなく、ウィ・ヒョンのそっくりさんなのか、としばらく考えこんでいるようすだったが、そっと笑みを浮かべながらタルの両手を握った。

「私がメガネをかけているからでしょう。タルさん」

タルが彼の腕をつかんだ。

「じゃあ、あなたは本当にウィ・ヒョンさんなの？」

ウィ・ヒョンは罪を告白するかのようにそうだと言い、その証拠に度数の強い眼鏡を指さした。

「きっとこいつのせいですね」

ウィ・ヒョンがそう言うと、タルはおおっと叫び声を上げ、彼をそばのテーブルにすわらせた。彼らは残って話をするようだったので、彼女は先に食堂を出た。たいていの人は食事のあとスポーツルームに行き、なかには読書室に入る人もいたが、彼女はまっすぐ自分の部屋に戻った。

彼女はコーヒーカップに注いだ焼酎をゆっくり飲みながら、新しく登場したタルとウィ・ヒョンについて考えた。二人が食堂で交わした言葉やジェスチャーを何度も思い返し、二人はどういう知り合いなのか、どこも悪そうに見えないウィ・ヒョンがなぜスタッフに食事を持ってこさせたのか、彼の歩き方のどこがどう奇妙だったのかについて考えた。それから、ウィ・ヒョンが午後、雨の吹きこむバルコニーになぜすわっていたのか、ウィ・ヒョンとタルがもともと知り合いだったとしたら、眼鏡のせいでタルがウィ・ヒョンに気づかなかったとしても、ウィ・ヒョンはなぜタルに気づかなかったのか、ソンの言うようにテレビで見るのとおなじタルを、相変わらず若くて美しいタルを、まさかウィ・ヒョンは見て見ぬふりをするつもりだったのか、それともタルに気づいてもらいたくてわざとぶつかったのか、などについて。

日も暮れて、バルコニーのガラスの向うに暗闇が広がっていた。ガラス戸を少し開けると、夜の空気に湿ったハッカの匂いがまじっている。彼女はこの半月あまり、誰か新しい人が入ってくるたびに貪欲なほどの興味を抱いた。彼らの言葉づかいや声、歩き方、あいさつをするときのジェスチャー、食べるスピードなど、ひとつ残らず観察した。それは彼女がレジデンスで、いや、この世界で生き残るための努力だった。ジャングルで生き残ろうとする人間の感覚が自然科学の知識を生みだすように、彼女は新顔が見せるわずかな手がかりから、彼らが自分にとって神なのか悪魔なのかを見極めようとした。また、自分の想像がどれだけ的中したのか、あるいは外れたかを計算すれば、どんな形であれ、人間学の知識を見い出すことができると信じていた。

ともあれ、ウィ・ヒョンの年齢と容姿とが、さっそく彼女の想像を裏切った。もしかしたら詩人かもしれない、という予測すらみごとに外れた。彼女は少しためらいながらまたカップに焼酎をつぎ、ウィ・ヒョンという名前はちっとも小説家っぽくないじゃないの、と恨めしく思った。

数日後、イギリス人の小説家とロシア人の画家がそれぞれ入居した。彼らはまたしても彼女の想像を裏切った、彼らの容貌や年齢、芸術分野などについて考えているあいだ、ウィ・ヒョンのことはすっかり忘れていた。彼の存在を思い出したのは、昼食後、二階の公用バルコニーでタルといっしょに話をしているときだった。彼女はコーヒーカップに入れた焼酎を飲み、タルは紅茶を飲んでいた。

「あなたは本当にウィ・ヒョンのことを知らないの？」

タルが驚いたように彼女に訊いた。

「ええ？　ほんとうに作家なんですか」

タルは彼女の無知にショックを受けたようだった。彼女は少し恥ずかしく思いながらバルコニーの向こうに広がる風景を眺めた。そこからの眺めは、森にさえぎられた彼女の部屋のバルコニーとは違い、視界が開けていて気持ちがよかった。遠くのほうの山は低い雲がかかった空に接しているため、濃いよもぎ色をしていて、暗く霞んでいるけれど、手前の山の稜線は青緑色を帯びている。こんもりとした木々の輪郭まで見える森の麓には、レジデンスの仲間たちがよく散歩にいく、湖へと続く小径がうねうねと続いていた。

タルはすぐに気を静め、口を開いた。

「あなたはまだ若いんだから無理もないわね。わたしも翻訳家のウィ・ヒョンを知らなかったら、彼が一昨年、小説家としてデビューしたなんて知らなかったかもしれないわ」

「あら、ウィ・ヒョンさんはもともと翻訳家だったんですか」

彼女は自分の無知に対する言い訳がみつかって、少しだけ自信をとり戻した。

「とても立派な翻訳家だったわ。とくにジェイムス・ジョイスとサミュエル・ベケットの翻訳は最高よ」

タルは右手にカップを持ち、左手でゆっくりと髪の毛をなでおろしながら言った。

「わたしは彼に耐えがたい嫉妬を感じてたのよ。彼がジョイスとベケットをそこまで愛しているのかと思うとね。彼が二人をどこまでも正確に理解して翻訳することで、つまりは韓国語で正確に表現することで、二人に対する愛情をつぶさに表現しているのかと思うと、いままで一度も味わったことのない羨望を抱いたの。二人への愛情がよほど強くなければ、あれだけ完璧に、一体となったかのような精神の言語で表すことなんてできないもの。不幸にもわたしはまだ、そこまで愛情を注げる相手に会ったことがないけれど」

タルは髪をなでていた左手をうなじにのせて、しばらく思いをめぐらせた。彼女は一度も行ったことのない、湖に続く小径を目で追いながら、いくら偉大な翻訳家だったとしても、小説では自分よりたった一年早くデビューしただけじゃないかとも、タルのいうことをすべてうのみにする必要などないとも思った。小径の手前にはレジデンスで食べる野菜を植えた畑があるのだが、黒いビニールをかぶせた長い温室のなかには、適当な間隔で苗木が植わっていた。その手前にある傾斜した小さな森は、バルコニーの前に立っている楓で半ばさえぎられていた。

「すっかり別人だわ。まあしかたないことなんでしょうけど。結局はこうなってしまうのね……」

タルはセリフを読むように言った。彼女はなんのことかわからなくて、タルのほうを横目で見た。

タルは左手を首から離し、両手でカップを包んで椅子から立ち上がった。

「ああ可哀想に。三年前から弱視の症状が出始めて、不幸なことに彼はもうすぐ目が見えなくなるらしいの」

「ああ、だからなのね……」

彼女は言葉につまってそれ以上答えられなかった。だから食堂のスタッフが彼にだけ食事を運んでいたのか、だから彼ははじめタルに気づかなかったのか、などと考えていると、タルがそうよそれ、といいたげに彼女を見下ろした。

「そうなのよ。だから翻訳を中断して小説を書いているわけ。あの目で翻訳はとてもじゃないけど無理だから。もうジョイスもベケットもおしまいよ。モニターの文字だって画面いっぱいに拡大して見ているんですって」

タルは花束を握るように両手で持ったカップを胸に当て、かすかに笑みを浮かべた。

「そんなにひどいのなら、小説より詩のほうがよっぽどいいわよね」

タルは公用バルコニーを出ていき、彼女はコーヒーカップに残った焼酎をぐっと飲み干した。本人は気づいていないのかもしれないが、タルの感情表現には品格が感じられなかった。人は誰かに嫉妬や恨みを抱いたり、その人を襲った不幸に快感をおぼえたりすることもあるとはいえ、こんな下劣な言い方をするのは許せない、芸術家として許すまじき行為だと、彼女は心なしかそう思った。

曇った空と、その下に広がる遠くの、そして近い山の稜線。生い繁るにはまだ少し早い春の森の若葉が、風にかすかに揺れながらさやぐ音。畑の黒いビニールと、赤褐色をした土の畝と畦が交差して波打っているのが、見ている人にめまいを起こさせる……。ふっと、彼女の意識はまたさ迷いはじめる。湖に続く、白髪混じりの頭の分け目に似た小径。別れは避けられないものであることを知っているかのように、手のひらの形をした葉をひそかにキラキラさせているバルコニーの前の楓……。これらすべてが彼女のなかに一つひとつ流れ込み、彼女とおなじ割合で薄まっていく。風景と事物は彼女の半分を占め、根底から彼女を揺るがした。得体の知れない悲しみに包まれ、荒波に揺れる小さな舟に乗っているかのように、両手で椅子の手すりをぎゅっと握った。ああ可哀想に。発声のよいタルの声が彼女の耳に響く。不幸なことに彼はもうすぐ目が見えなくなるらしいの。

その日、彼女が森を歩こうと決めたのは、タルの話を聞いたからかもしれないし、偶然メモを見つけたからかもしれない。それまでは周りの人が食事のあとに散歩に行こうと誘っても、怖気づいたウサギのように目をまんまるくし、首を横にふって断った。ところがその日、二階のバルコニーでなにげなく上着のポケットに手を入れたとき、彼女はくしゃくしゃになったメモ用紙を一枚見つけた。それは数日前、彼女がひどい不眠と二日酔いに悩まされたとき激しく書きなぐったもので、もっと陽射し、もっと散歩、陽射し、散歩、と書かれていた。あまりに大きくて怪しげな字だったので、一文字一文字が花札のように見えた。たとえ目の悪いウィ・ヒョンでも、注意深く読めば意味がわかるぐらいに。しかもメモ用紙が裂けてしまいそうなほど濃い下線が引かれ、怒りに震えるようなエクスクラメーションマークが三つもついていたので、まるでナイフで手首を切りつけるような殺意と破壊力に満ちていた。

午後からずっとバルコニーにすわって森ばかり見ていた彼女は、そのメモを見たとたん、女戦士のように気持ちが高まって、どこでもいいから走っていきたくなっってしまった。夕食までまだ二時間ほどある。それまで森のなかを歩こう、と彼女は思った。なんの準備もしないで、天気の情報も調べないで、彼女は怒り狂った人のように早足で森に向かった。

曇った日の森は、木と草と土を磨りつぶしたような、ツンと鼻をつく生臭い匂いを放っていた。まだまだ冬の寒さは厳しかったが、夢中で歩いているうちに体にうっすらと汗をかいた。しばらくすると、どこからか犬の鳴き声が聞こえてきた。こんな森の奥に犬がいるはずはないと思ったけれど、確かに犬はいた。それもかなり大きな犬が右手の丘の上から彼女を見下ろし、猛々しく吠えていた。逆光になっていたので、杭につながれた犬も、そのそばにある犬小屋も、黒いかたまりのようにしか見えなかった。犬がいるということは丘の向こうに飼い主の家があるはずだが、彼女の立っている場所からは見えない。頭をもたげ、ワンワン吠える黒い犬のシルエットは、オオカミを思わせる。犬は全身の力をふりしぼって吠え、彼女に襲いかかろうとするように思えた。犬をつないだ杭がぐらぐら揺れている。いまにも杭がはずれそうだったので、彼女は逃げるようにしてそこを離れた。犬は背後で長いあいだ吠え続けた。

犬の声がおさまると、今度はべつの声が聞こえてきた。遠くのほうで獣が唸っているような声と、なにかがスーッと雑木のあいだをよぎる音がしたのだ。そろそろひき返そうかとも思ったが、またあの恐ろしい犬のいる丘を通るのが嫌で、さらに森のなかへ入っていった。唸り声となにかがよぎる音がしだいに大きくなったかと思うと、つぎの瞬間、彼女の体をたたきつけるような強い風が吹きつけた。あとになって、それが突風の近づいてくる音だったことに気づいたのだが、その時はすでにどんなになだめても静まらない森の暴風が吹きはじめていたのだ。

彼女はくるっと背を向け、大急ぎで森を駆けおりた。清新な空気に包まれた空間であるはずの森が、自分を威嚇し、攻撃する生き物のように思える。ひっそりとした森は奇妙な音に満ち、突風で吹き飛ぶ土と埃と木の葉のせいで、目も開けていられなかった。彼女は手のひらでぴったりと目をおおい、全速力で走った。周りを見る余裕がなかったので、どれだけ走ったのかわからなかった。もっと、聞こえてくるはずの犬の唸り声が、いっこうに聞こえず、彼女はただゼエゼエあえぎながら周囲を見渡した。すると向こうのほうに、芸術家レジデンスの赤いレンガの塀がまるで蜃気楼のように浮かんでいた。犬のいた丘を通らずに、どのようにして戻ってきたのか不思議だった。違う道を下りてきたのだろうか。それとも飼い主が犬をどこかべつの場所に連れていったのか。はにかむような蕾をつけ、大小の真珠の粒をぶら下げたレジスタンスの梅の木を見たとたん、彼女はうれしさのあまり、思わず胸をなでおろした。これほど人を恋しく思ったのは初めてだった。

建物の玄関を入ると、部屋のなかから、ワーっと歓呼の声が聞こえてくる。彼女はドアを開けてそっとなかに入った。外は森が揺らぐほどの突風が吹いているというのに、スポーツルームに集まった人たちはみな、明るくほてった顔をしていた。そこにウィ・ヒョンがいるのにびっくりした。ウィ・ヒョンはキムとチュ、ナムとソンが一組ずつになってダブルスで卓球をしている、卓球台脇のスコアボードのテーブルにすわって点数をつけていた。試合を見にきたような顔をして近くをうろうろしていた彼女は、やがてウィ・ヒョンの向かいに立った。彼の目からは、彼女の体の輪郭は見えても、視線がどこを向いているのかはわからないだろうから、彼女は思う存分、彼を観察した。

ウィ・ヒョンは食堂の一番端のテーブルにすわっているときと同じように、なにかを待つことに集中していた。眼鏡と頭が動かないのを見ると、卓球台の上を飛び交う杏色の卓球ボールは見えていないのだろう。そのかわり彼は耳を研ぎ澄ましてボールの動きを読み、決め手の攻撃が成功したかしないかを、人々の声が嘆声と歓呼に分かれる瞬間を正確に感じとり、点数をつけた。ちょうど左側でナムの攻撃が決まって、ナムとソンが歓呼の声を上げると、彼は作動開始した機械のように、左側のスコアボードを元気よくめくりながら叫んだ。

「八対八、同点です！」

その姿は厨房のスタッフがトレイを運んできたとき、顔をさっと上げて、にっこり笑ったときと同じだった。彼女は彼をじっと観察し、いくら観察しても退屈だとは思わなかった。観察すればするほど、もっと観察していたくてじりじりした。

すると、夕食を知らせる音楽がスポーツルームに鳴り響いた。試合はまだ終わっていないのに、彼らはあっさりとラケットとボールをロッカーに入れ、食堂に押しかけた。ウィ・ヒョンも立ち上がって食堂に向かった。彼女はウィ・ヒョンのあとについて、彼の足どりを観察した。飛び石を踏んで小川を渡るときのように、でこぼこした地面の上でも倒れまいとする注意力と不安が、緊張した彼の足首のあたりで銀の鎖のように波打っていた。彼は途中で、なにかを待っているかのように、あるいはなにかを吟味するかのように、しばらく立ち止まったかと思うと、また一歩を踏みだした。食堂に入ると、いつものように一番隅のテーブルにすわった。足を少し開き、両手は切り終えたトランプを握っているような格好で、まるで向かいに誰かがすわっているかのように、その人の胸のあたりを見つめながら、厨房のスタッフが食事を運んでくるのを待っていた。

その日のメニューは、シラヤマギクのナムルと牛肉のプルコギ、浅漬けのキムチとワカメスープだった。彼女がトレイを持って一番端のテーブルに向かおうとすると、彼女よりも先にエドワードとキム、ドミトリーがさっと場所をとってしまった。彼女はしかたなくその隣のテーブルにすわった。ウィ・ヒョンは正確な英語でエドワードと会話をし、英語の下手なドミトリーとは簡単な英語で話している。英語がほとんどわからないナムには、二人が話したことを韓国語で伝えた。そのテーブルでは彼が会話の中心であり、コミュニケーションの橋渡し役だった。聞いて理解して話すことはできても、相手の表情を見ることができないぶん、中立的で完璧に見えた。意外にも人とよく交わり、しかも快活な彼の姿を見て、彼女は裏切られたような、苦々しい気持ちになった。

部屋に戻った彼女は焼酎の入ったコーヒーカップを片手に、今回もまた裏切られるであろう想像をしながら、バルコニーや恐ろしい風の吹く森のなかで、午後の時間を無駄に過ごしてしまったと考えた。自分はただの新人作家で、タルを許すとか許さないとか言える立場ではない。彼女は時おり他人の人生に驚くことがあるが、他人の目から見ると、ひまさえあれば酒を飲んでいる自分の人生こそ驚愕に値するのではないか、そんなことを考えた。

彼女は毎日、中庭の梅の木が花を咲かせるのを心待ちにし、ふだんはしない化粧をして、それに似合う服を着た。昼食後はみんなと散歩に出かけた。おしゃれをしてもウィ・ヒョンの目には見えないからこそ価値があるように思われた。ウィ・ヒョンは昼にだけ散歩をし、彼女はいつも彼より数歩遅れて歩いた。ある日彼女は、彼が夕方の散歩に行かないわけをチュに話しているのを聞いた。

よく晴れた春の日だった。みんなは森ではなく、湖をぐるっと回って村に下りていく散策コースを選んだ。湖で何度か水切りをして遊んだあと村に下りていくと、せまい空き地のある村の入り口に車が三台止まっていた。車は三角形の頂点から重心に向かって伸びた三本の直線のように、中央に向かって頭を突き合わせていた。ドアが開き、乗っていた人たちが降りた。彼らのすぐ前のＳＵＶの車からは、真っ黒な衣服に身を包んだ、険悪な顔つきの四人の男がいっせいにドアを開けて降りた。あたかも敵をこらしめに来た暴力団員のように一糸乱れず向かった先には白い乗用車があった。別に喧嘩が起きたわけではなく、せまい道で相手の車をよけようとしたときに、白い乗用車の右側のタイヤが畑の畦に落ちたのだった。

「事故でもあったんですか」

ウィ・ヒョンがたずねた。そばにいたチュが、事故ではなくてタイヤが落ちたのだと教えた。

三台の車から降りた合計八人の男たちは、面白いものでも見物するかのように、煙草を吸ったりガムを嚙みながら、畑の畦に落ちた白い乗用車のタイヤを取り囲んで、あれこれ言い合った。チュが止まっている車のあいだを縫うようにして、ウィ・ヒョンを道端まで連れていった。ソンが、あっ、と甲高い声を上げてふり返ったとき、ちょうど八人の男が力を合わせて車体を持ち上げていた。

「またなにかあったんですか」

ウィ・ヒョンがたずねると、今度はソンがハイトーンで、みんなが車を引っ張り上げようとしていると答えた。そして残念そうに、車ともあろうものがいとも簡単に持ち上げられていると早口でつけ加えた。ソンの言うとおり、傾いていた車は軽々と持ち上げられ、少しふらついていたが道路に上がったところで落ち着いた。それを見た彼女は子どものように興奮し、拍手でも送りたい気分だった。八人の男はこれしきのこと、とでもいうように手を払い、それぞれの車に戻っていった。

「どうなりましたか」

ウィ・ヒョンが訊いた。チュはうまく収まって、それぞれが自分の車に戻ったと言った。

「このまま帰ってしまうんですか。タイヤが落ちていた車の運転手は、みんなにマッコリでもついで回るべきでしょう。こんなにお世話になっておいて」

ウィ・ヒョンがそう言うのを聞いたとたん、彼女は自分の考えもそうだと言いたいのをぐっとこらえた。ところがチュは、べつにありがたがることでもない、前の車が進まなければ、残りの二台も動けないのだからと言った。ウィ・ヒョンが笑った。

「ということは私利私欲で助けたんですね」

そんなおおげさな、とチュも笑った。車二台が行ってしまうと、白い土ぼこりが舞いあがった。ウィ・ヒョンがふと足を止めたので、うしろにいた彼女もつられて止まった。彼はなにかを待っているかのように、あるいはなにかを吟味するかのように、立ち尽くした。チュがふり返り、どうしたのかと訊いた。

「いえ、なんでもありません。急に酒が飲みたくなったもので」

ウィ・ヒョンはまた一歩踏み出しながら言った。

「チュ先生、私はさっき車を持ち上げた人たちが、どこか景色のいいあずま屋に集まってマッコリを飲みながら、通りがかりの私たちも呼んで、みなさんはなにをしている人ですか、どこから来てどこに行くのですか、とたずねたり答えたりする光景を想像しました。私はこんな思いがけない出会いとか、道の上ですれちがう縁がとても好きです。通りすがりの女性に恋をしたボードレールのように」

ああ、それなら、とチュは、あとで夕食のときマッコリを持ってあずま屋で一杯飲もうと言った。彼女はチュの言葉に怒りをおぼえた。ウィ・ヒョンが言いたいのはそんなことではない。しかしウィ・ヒョンは真面目に答えた。

「それはむずかしいですね、チュ先生」

チュがそのわけを訊いた。

「私は夕方は散歩しないんですよ」

え？　とチュは驚いて、ここの夕暮れどきの森がどれだけ素晴らしいかについて語り、自分が案内するからいっしょに散歩をしようと誘った。チュがただの社交辞令で言っていることに気づいたのか、ウィ・ヒョンはおいしいショートケーキをすすめられたときのように、ていねいに断り、本音を打ち明けた。

「残念です、チュ先生。そうですね、なんと言えばいいのでしょう……。日暮れになると私の心のなかでは、目の前がしだいに暗くなっていくことへの恐怖と、やがてなにもかも暗闇のなかに葬られてしまうだろうという歓喜が激しく交差するのです。そういうときはやはり……じっとしているほうがいいんです」

あ、ならそのほうがいいですね、とチュが言った。

彼女はひとり歯ぎしりをした。その最後の言葉にチュのすべてが込められていると、彼女は思った。チュのような人は、だれかが、今晩のうちに死んでしまったほうがいいんです、と言っても、あ、ならそのほうがいいですね、と言いかねない。しかし、こんな自分の推測も的外れかもしれないと思うと、気がめいった。

彼女はウィ・ヒョンと二人だけで酒を飲むことになったのはただの偶然だと思っていたが、もしかしたらそれも見当違いかもしれない。その日は急に暖かくなり、すべての花が時間の流れに逆らうかのように、いっせいに蕾をほころばせた。季節と季節の境目が曖昧になり、いち早く弾け出た生命で辺り一面、甘い香りに満ちあふれていた。

昼食のとき、開け放していた食堂の窓から、一羽の鳥が入ってきた。薄茶色の羽をした卵くらいの大きさの鳥だった。食堂のなかはあっというまに大騒ぎになった。鳥は入ってきた窓を見つけることができず、反対側の壁と天井にぶつかって大きく回転し、食堂を低く横切ったが、今度は開いていない窓にぶつかった。みんなは悲鳴を上げながら鳥を避けて逃げた。矢のように低飛行をしている鳥を避けようとしてドミトリーはトレイを落とし、ソンは鳥よりも甲高い声を発しながらコップの水をこぼした。厨房のスタッフたち数人が薄手の服や座布団を持って、鳥が外に出られるように追いはらったが、驚いた鳥は羽をばたばたさせながら厨房の奥まで入りこんでしまった。食器が床に落ちる音や、椅子がうしろに倒れる音が耳をつんざいた。

彼女は反射的にウィ・ヒョンのほうを見た。彼はせまい箱のなかに閉じ込められてでもいるように、肩を思いきりいからせたままじっとしていた。彼女は急いで彼のテーブルに駆け寄った。

「ああ、なにが起こってるんだ……なにが……」

恐怖に襲われた彼は、質問をしているというよりは囁くようにつぶやいていた。騒がしさに埋もれて彼の声はほとんど聞こえなかった。

「大丈夫ですよ、先生。鳥です」

彼女は思わずウィ・ヒョンの肩にそっと手を置いた。彼の体がビクッとした。

「小さな鳥が入ってきたんです」

「ああ、鳥！　鳥だったんですね」

鳥は休みなく室内を飛び回り、あちこちにぶつかっていたが、ある瞬間、入ってきた窓からさっと出ていった。みんなはほっとして歓声を上げた。

「出ていきました」

「そうですか」

「怪我もせず無事に出ていきましたよ」

彼が低くため息をついた。

「それはよかった」

硬直していた体が少しずつほぐれるにつれ、キッと上げていた顎もゆっくり下りてきた。あたかも宙で糸を吐き出しながら下りてくる小さな蜘蛛を眺めているようなゆっくりとした動作だった。彼女が出ていこうとすると、ウィ・ヒョンが彼女のほうを見た。分厚い眼鏡の奥の目が彼女の顔の端のほうを見た。なにか言うのかと思って待っていたが、彼は長いこと忘れていたものを思い出そうとしているかのように、じっと考えこんで沈黙したままだった。急に立ち止まって、なにかを待っているような、あるいはなにかを吟味するような顔をした。彼女はどうしたらよいかわからなかった。

「失礼ですけど」。やがて彼が口を開いた。「私といっしょに昼酒でもいかがですか、先生」

彼は偶然飛んできた鳥がもたらした自分との縁を、もう二度とやって来ることのない刹那のめぐり合わせだと思い、ボードレールのように自分も惑わされようとしているのだと、彼女は思った。でも、そんなことはどうでもよかった。どのみち彼女は昼食後、焼酎を飲むつもりだったのだから。彼女は震える声で答えた。

「わたしはかまいませんけど」

本当にどうであろうとかまわなかった。

彼らはピクニックに来た恋人同士のように、昼食を二階の公用バルコニーに運び、酒を飲みながら食べることにした。その日のメニューは酒の肴として申し分なかった。彼女はキムチジョンと豆腐の煮付け、豚肉のプルコギをたっぷりとよそって、スープとご飯と大根の若菜キムチも適当に入れた。彼女がトレイとスプーンを持って二階のバルコニーに上っていくと、ウィ・ヒョンは大きな青いアイスボックスをテーブルのそばに置き、すわっていた。彼女がトレイをテーブルに下ろすと、ウィ・ヒヨンがたずねた。

「あらためて言うのもなんですが、私の目がよく見えないのはご存知ですよね」

彼女は顔を赤らめて、知っていると答えた。

「もちろんうしろもよく見えませんが」

彼女は彼の冗談に無理やり笑った。

「初めは足がお悪いのかと思いました」

彼女がそう言うと、彼はじっと考えてからうなずいた。

「食事のときですね？　料理をこぼしたり散らかしたりしてはいけないので、事務室にお願いしてあるんです。そうですね。もし足だったらどうでしょう。こうなると体の各部位の位階について考えてしまいます。障害の等級とでもいいますか。脳が長男だとすると、足は末っ子とでもいうように。目が何番目になるか断定はできませんが、末っ子というわけではないでしょうね」

彼はあらかじめ断りをいれた。自分の酒は自分でつぐことにしましょうと。彼は相手のグラスが空いていてもわからないし、わかったとしてもグラスにうまくつぐことができないからと。

「酒を無駄にしてはいけませんからね。初めはどうかわかりませんが、こういう飲み方に慣れてくると、かえって自分のスピードが維持できるから自由で楽なんだそうですよ」

そしてトレイを指さした。

「プッチムゲ（チヂミ）とか肉があるんでしょうね。宴会の匂いがします」

「キムチジョン（キムチが入ったチヂミ）と豚肉のプルコギがあります」

「それでご相談ですが、酒の肴に対する礼儀として、とりあえず焼酎かマッコリから始めるのはどうでしょう。先生はどうなさいますか」

彼女は焼酎にすると言った。彼がアイスボックスのふたを開けて、手探りで焼酎二本とグラスを二つ取りだした。それぞれ焼酎を一瓶、自分の前に置き、手酌で飲んだ。彼が箸で豆腐を取った。

「私は実際食べるまでこれがなにかわかりません。嗅覚が鋭くなっているので匂いでわかるときもありますが、まったくわからないときもあります。ともかく、口に入れるまで、味がわからないのです。周りは知っているのに私だけが知らないこの時《とき》が、まんざら悪くはないんですよ。これは豆腐ですね」

「はい、豆腐の煮付けです」

ウィ・ヒョンは食べ物を口に入れるたびに、単語をおぼえる子どものように、その名前を言った。

「これは豚肉ですね」

彼女は単語の勉強を助ける教師のように、くわしい説明をつけ加えた。

「コチュジャンで味付けをして炒めた豚肉プルコギです、先生」

「これは大根の若菜ですね」

「はい、キュウリが入った大根の若菜のキムチです」

「まだよく漬かっていませんね」

「はい、まだよく漬かっていません」

「たとえばこんなことがありました」

その日の午後、ウィ・ヒョンはこんなふうに話を切りだした。

「たとえばこんなことがありました。私は夏になると、麦飯に味の濃い味噌《カンテンジャン》と細い茎の大根の若菜キムチを入れ、まぜて食べるのが好きなんです。ところがある日、そうやってまぜたご飯を食べているときに、口のなかがしょっぱくなったので皿にあったキュウリで口直しをしました。するとそのとき、口のなかにほのかにバターの味が広がったんですよ。本当にキュウリからバターの香ばしくて脂っこい味がしたんです。なぜなのか私は納得がいきませんでした。もしかすると似ているとか似ていないの問題ではなく、類似性と近接性がともに作りあげた、もっと複合的なものかもしれません。口のなかに残っていた味噌のしょっぱい味と、麦飯の香ばしさ、キュウリの種がもつ淡い甘みのコンビネーションが、ある時点でバターの味と重なったのでしょうか」

少し間《ま》を置いて、彼は自問するようにたずねた。

「類似性と近接性。どちらが私たちに、より多くの喜びをもたらしてくれるのでしょう」

彼女は黙っていた。飛んできた鳥が楓の梢にとまり、枝が揺れた。食堂に入ってきた鳥とは似ていなかった。鳥は急にふり返ったり、頭を激しく動かしたりしていたが、突然、誰かに追われるみたいに飛び立ってしまった。重みで曲がっていた枝が軽く跳ねあがった。彼が言った。

「どちらであろうと、これだけははっきり言えます。視力を失うと、二つの宇宙から広い範囲の喜びの領土が失われるのです」

彼女は、おそらくそうでしょうね、と言おうとしてやめた。そう答えるのはチェと同じになってしまう。彼の目には鳥も枝も見えないのだから。もし見えていたら共有したかもしれない類似も近接も、どちらもありえなかった。彼女はそのことに最も心を痛めた。

ゆるく髪を結び部屋着に着がえたタルが、公用バルコニーに入ってきた。タルは二人を見てびっくりしたようなジェスチャーをした。そして彼女に目配せをしてなにか訊きたそうにしたが、彼女にはその意味がわからなかった。

「こんな天気の日に昼間からお酒を飲むなんて、ちょっと危険じゃありませんこと、ウィ・ヒョンさん？」

低くてやわらかな声の流れのなかに、危険《ウィホム》とウィ・ヒョンを故意に重ねようとする意図が、昼間の月のようにほのかに浮かび上がった。ウィ・ヒョンは突然聞こえてきたタルの声に驚いたようすもなく、声のするほうにふり向いた。

「タルさん、こんな日はなにをしても危険ですし、なにをしても甘美なんですよ。こちらにいらして一杯いかがですか」

「ダメよ。これから洗濯ルームで服を洗うんだから。洗濯は少しも危険だったり甘美だったりしませんけどね」

「洗濯ルームではなくて小川で服を洗えば、危険で甘美でしょうよ。洗濯はあとにしてこちらにいらしてください」

「そんなこと言っていいんですか。もしあたしが酔っぱらって口を滑らしたらどうするおつもり？」

ウィ・ヒョンが黙って微笑むので、タルは少し興奮した。

「残酷なひと！　あなたはいま、以前あなたが投げつけたものをそっくり返されているのよ。公平でしょ？　あたし、なにか間違ったこと言ってます？」

彼女はタルが本当に腹を立てているのか、それとも演技をしているのか、判断がつかなかった。

「きみはなにも間違ってないよ、タル。ただ慈悲が足りないと思うね。あれほど残酷だった人間がこんなに情けなくなったというのに、運命はちっとも僕をあわれんでくれない」

「あわれむ？　あなたを？　とうとう狂ってしまったのね。そうよ、狂ったのよ！」

タルはくるっと背を向けたかと思うと、鳥が飛び立つようにさっとバルコニーを去った。廊下のほうから聞こえてくるスリッパを引きずる音が、刀を研ぐ音のように聞こえた。一瞬、ウィ・ヒョンの左の頬が引きつった。左目の下の柔らかい皮膚がピクピク震えだしたのだが、無意識に動くのだから、彼としてもどうすることもできないようだった。彼女は顔をバルコニーのほうに向けたまま、横目でチラッと彼を見ながら、強い風が吹くと虚空にできる雨のレース模様のように、彼の左の頬で不規則に縮んでは伸びる、痙攣の細やかなシワ模様を長いこと見つめていた。

「たとえば過去というものはですね」

ようやく痙攣がおさまり、彼が言った。

「恐ろしい他者であり、異邦人なのです。過去というものは、もはや修正できない恐ろしい誤字脱字、洗っても取れないシミ、取りのぞこうとどんなにあがいてもビクともしない異物なのです。だからこそ人間の記憶は、驚くほどの融通性を発揮できるよう進化したのかもしれません。不動の過去を少しでも流動的なものにするために、またずっしりと重い過去を揺れ岩《フンドゥルバウィ》のようにぐらつかせるために、ごちゃまぜにしたり、隠したり、あるいはなかったものにしようとしたりするのです。僕たちの記憶は、正確とはいえない方向に、かといってまったく正確ではないともいえない方向に進化した、おかしなものなんですよ」


真昼の太陽が西に傾くにつれ、森は少しずつ暗くなっていった。二人は酒を焼酎からビールに変え、酒の肴に、エスプレッソに近い濃いコーヒーをじっくり味わうようにして、口に含みながら飲んだ。すぐ近くで鳥のさえずりが聞こえた。

「初めて聞く声ですね。どんな鳥ですか」

鳥の声は耳元で鳴いているかのように鮮明だったが、どんなに見回しても鳥の姿はなかった。彼女が泣きそうな顔をして言った。

「鳥が見えないんです」

「隠れているんですね。なら、さがさなくていいですよ」

彼がなぐさめた。鳥はやさしく囁くように、ピーヒョロロロロ――と鳴き続けた。

「瞳のような声ですね」

彼女はタルがバルコニーの前を何度か通りすぎるのを見た。入ってくるかと思ったが、そのまま行ってしまった。彼がそのことを知らないのが幸か不幸か、彼女にはわからなかった。

「たとえばこんなことがありました」

彼が言った。

「視力が急激に落ちはじめたころでした。僕は住宅街の小さな四つ角に立っていたのですが、道路の真ん中に立っている犬と目が合いました。犬はトラックが近づいてきているのに逃げようともせず、ただじっと僕を見ているのです。トラックの運転手があきれたようにクラクションを何度か鳴らすと、犬は僕から目を離さず、ゆっくりと横によけました。その犬は白い毛がモコモコしていて、首に二重の鎖を巻き、左の前足をずっと九十度に持ちあげていました。首に巻かれた鎖の端には、べつの鎖とつなぐキーホルダーがついていたんですが、なぜ首に二重の鎖を巻かなければならないのか、左の前足はなぜずっと持ちあげていなければならないのか、よくわからない顔をして、犬は僕をじっと見つめていました。実際はつながれていたわけではないのですが、二重に巻かれた鎖のせいでしっかりつながれているように見えましたし、上げていた丸くて白い前足は、骨に異常があるかのように見えました。犬は僕に近づこうかどうしようか迷っているようすでしたが、僕がそのまま通りすぎると、追ってはきませんでした。ただ、僕の姿が見えなくなるまで、丸くて真っ黒な目で僕をじっと見ていたようです。途中でふり返ると、まだ僕を見ていましたからね。そのあと何日過ぎても、その白い犬の姿が頭から離れませんでした。なぜだかわかりませんが、僕はその犬も目が見えなくなっているのだと感じたんです。ヘンだと思うかもしれませんが、そのような交感は信じられるものなんですよ。その後、僕はもう二度と見ることができなくなりました。犬であれ人間であれ、丸くて真っ黒な瞳というものを。つまり、僕が最後に目を合わせたのが白い犬だったわけですよ。その犬にとっても僕がそういう存在だったのではないかと、いまも確信しています」

彼が話しているあいだに鳥は鳴きやんだ。そして彼女は彼がいつのまにか自分のことを「私」ではなく「僕」と言っていることに気づき、それだけでも彼との距離が縮まったような気がしてうれしかった。

「僕は自分と目を合わせることさえできません。鏡を見ても区別がつかないのです。瞳はもちろんのこと、表情や目つき、皺すらも。だれとも目を合わせることのない世界では、なにも起こりません。なにも生まれないし、だれもやって来ません。日が暮れて夕闇が垂れこめるように、それ自体の厳格な速度で僕の目にゆっくりと幕を垂らす暗闇、つまり、やがて訪れるであろう暗黒の時間のほかには、なにもないのです」


ウィ・ヒョンが彼女に、もうウィスキーを飲んでもよさそうなほど暗くなったのではないかとたずねたとき、彼女はそうだと答えた。彼は変圧器のようにちょうどいい頃合いに酒の種類と度数を変え、彼女は喜んでその提案を受け入れた。彼が部屋からアイスペールを持ってきた。廊下の端にある洗濯ルームの前にいたタルが、ぼんやりと彼を眺めてから、自分の部屋に入っていくのが見えた。もしかすると彼はタルのスリッパの音を聞いたかもしれない、と彼女は思った。二人はそれぞれ自分のグラスにウィスキーをつぎ、氷を入れた。彼女はウィスキーを飲みながら、黄昏どきになると彼のなかで激しく交錯するという、恐怖と歓喜について考えた。そのために夕方の散歩に行けない無力さについて。

「たとえば、これだけ下地を作ってからウィスキーを飲むとですね」

彼が氷の入ったグラスを少し揺らした。

「一秒、一秒ごとに、アルコールのメシアが入ってくるのを感じるのですよ」

彼女はそのあと酔いが回るたびに、彼のこの言葉を口のなかで転がしてみるのだった。一秒、一秒ごとに、アルコールのメシアが入ってくるのを感じます。そんなときは音節一つひとつが小さく割った氷のキューブのように、カラン、と冷たい音を立てるのだった。一、秒、一、秒、ごと、に、アル、コー、ル、の、メ、シ、ア、が……。

「僕はしだいに非人称になりつつあります。僕の目が見えないから、だれも僕を主体として扱ってくれません。そう思うと憤りを感じるし、つらいです。でもときには、わざと明るい主体のふりをして、鏡を見て命令するんです。僕のなかの盲人よ、死体よ、前へ進め！」

彼は勇ましい少年のように、片方の手をまっすぐ伸ばした。

彼らはその晩、食堂に下りていかないで、ずっと公用バルコニーにいた。タルは夕飯を食べに行くときも、食べて帰ってくるときも、彼らのいるバルコニーを黙って通りすぎた。森全体が真っ暗な闇に包まれるころ、彼らの意識は水に溶けた絵の具のようにぼやけ、肉体は完全な曖昧さのなかに浸ってしまった。ウィ・ヒョンは自分の両手の指を彼女の指に絡ませた。手に汗がにじんだ。

「あなたはだれですか」

彼がたずねた。

「どろぼうみたいに、僕から冷静なあきらめと、寂しさを奪おうとしている、あなたはだれですか。ほんのりとアルコールの匂いを漂わせながら、僕につきまとい、あとをついてくる、うら若い酒飲みのおじょうさん、あなたはいったいだれですか」

驚いた彼女は手をふりはらおうとしたが、彼は放さなかった。

「神も仏もいないのに、こんな悪い親切はどこから来るのですか」

そして彼はなにかを待っているかのように、あるいはなにかを吟味するかのように、しばらく彼女の匂いをかいだ。


雨にずぶ濡れになった彼女を見た事務室の女性スタッフが、驚いて立ちあがった。

「まあ先生、そんなに濡れて。電話してくださればお迎えにあがりましたのに」

彼女はスタッフのすすめるタオルをやんわり断りながら、彼がいつ来るのかたずねた。

「どなたですか」

彼女が彼の名前を言うと、スタッフは壁にかかったホワイトボードを見て首をかしげた。

「そういう方はいらっしゃらないはずですけど」

彼女は彼の名前が記されていないホワイトボードをじっと見つめた。スタッフは机の引き出しから書類を取りだしてめくった。

「今年、申し込んだ方のなかに、そういうお名前は見当たりませんねえ」

彼女は鍵を受け取って事務室を出た。一階のロビーを通り、ドアを開けて階段に向かった。雨が吹きこむ屋外の階段を上がり、二〇九号室の軒の下でドアを開けようとした彼女は、背後になにか気配を感じ、ふり返った。向かいの公用バルコニーには誰もいなかった。バルコニーの前にある楓の木が、別れは永遠に避けられないものであることを知っているかのように、手のひらの形をした濡れた葉をひそかにキラキラさせていた。彼女はドアを開け、ふらつきながら部屋のなかに入っていった。

一足のうわばき

ずいぶん前になるが、彼女たちは同じ女子高に入学し、二年生のときにクラスメイトになった。彼女たちというのは、ヘリョン、ソンミ、キョンアンのことだ。三人は卒業以来十四年ぶりに再会したのだが、それはヘリョンが遠視だったからだ。そのとき彼女たちは三十二歳。それももう昔のことになってしまった。

再会したのが幸なのか不幸なのかは、誰にもわからない。ごく近い距離でしか感知できない不幸もあれば、ひどい遠視の目にしか見えないものもある。また、どんな角度や視点からも見えない不幸もあれば、見ようと思えばすぐ見えるけれど、目をそむけたい不幸もある。

ヘリョンは鏡に映った三十二インチテレビの画面に、コインほどの大きさで映っているキョンアンの顔を見つけた。美容師が髪に巻いたカーラーを外そうとするのにも気づかず、ふり返った。画面の左のほうで女性レポーターが体をよじるようにして、その右側に年配の男性二人とキョンアンが、カメラを向いてすわっていた。音を消していたのでリポーターが何をしゃべっているのかわからなかったが、男性二人とキョンアンが、同時にうつむいたかと思うと頭をあげた。レポーターが話しているそばで、キョンアンはずっと伏し目がちだった。画面の下に映画のタイトルと三人の紹介が字幕で流れた。ヘリョンはそのちまちました文字もすべて読んだ。画面が変わり、カメラは左側の男性の顔を映した。その人がなにか話をした。ヘリョンは画面を食い入るように見つめながら、唇を噛んだ。

「あれ、あたしの知ってる子だわ」

「お知り合いですか？　有名な方なんですね」

美容師がテレビのほうをチラッと見てたずねた。ヘリョンは黙って正面を向きなおし、椅子にもたれかかった。美容師がカーラーを外しはじめた。ヘリョンは鏡に映ったテレビをずっと見ていたが、キョンアンはそれ以上出てこなかった。美容師がカーラーをすべて外しおわったころ、ヘリョンは独り言のようにつぶやいた。

「作家になったんだ」

「え？」

美容師が訊いた。

「ううん、なんでもないわ」

髪にボリュームがあるからウェーブがよく出る、と美容師が言った。ヘリョンは鏡を見た。その日の午前、狎鴎亭《アックジョン》（ソウルで最も高級なショッピングエリアとして知られている）の美容院では、両側の壁をびっしりと埋めた鏡が向かいの鏡を反射して、そのあいだを色とりどりに髪を染めた若い美容師たちが、まるで水槽のなかを泳ぐ観賞魚のように、長くて透明なエプロンをキラキラさせながら、忙《せわ》しなく行き交っていた。


ヘリョンから電話がかかってきたとき、ソンミは掃除を終えて、ウェットティッシュで双子の息子のサッカーシューズを拭いているところだった。ヘリョンは、テレビでキョンアンを見たと話した。

「キョンアン？」

——うん、高二のとき同じクラスだった、あのキョンアンよ。

「あの子がテレビに出てたの？」

ソンミははじめ驚いたようすだったが、ヘリョンから事のあらましを聞いて興味を失った。ソンミは子機を首と肩ではさんで、再びサッカーシューズを拭きはじめた。双子はサッカーが好きだった。それぞれ有能なストライカーとミッドフィルダーになるだろうと言われたが、ソンミは真に受けなかった。

——あの子、シナリオ作家になったんだって。もうすぐ映画も公開されるみたい。

「そうなの？」

ソンミは誠意のない返事だと思われないように、声のトーンを変えた。

——タイトルはたしか、メダカがなんとかって言ってたけど。

ソンミは毎日拭いているため新品同様の、かわいらしいサッカーシューズを玄関に二足並べると、座布団にすわった。きれいに片づけられ、埃ひとつない二十二坪型アパートの小さなリビングには、飾り棚もソファもなければ、テレビもオーディオもなく、あるのは座布団だけだ。それと正面の壁には、タンス一棹《ひとさお》ほどの大きさに引き伸ばした写真がかかっていた。写真に写っているのはソンミ一人だけだ。しっかり化粧をし、レンタルした濃い紫色のドレスを着て、専門のスタジオで写しただけあって、写真のなかの彼女は女優顔負けの美しさだった。この写真、いつ撮ったんだっけ。ソンミは記憶をたどった。たしか双子が二歳か、三歳だったから。

——あの子、数学ができたのよね。大学もいいとこ入ったし。

「そうね」

ソンミは考えた。ということは私が二十七か八のころだわ。

――国文科だよね？

「たぶん」

――どうりで！　だから作家になったのかあ。なのに数学はなんであんなにできたのよ。

ヘリョンは一人でペラペラとしゃべり、ソンミはソンミで自分だけの思いに耽《ふけ》っていた。

――ねえ、いまからうちに来ない？

ヘリョンの声を聞いてソンミは、はっと我に返った。

「うん、すぐ行く」

ソンミは電話を置いてから考えた。ヘリョンとキョンアンってそんなに仲良かったっけ？　なんなの？　あんなにはしゃいじゃって。作家だから？　ソンミは起きあがり、鏡を見るように実物大の自分の写真の前に立った。夫も双子も写っていない写真を見ていると、まだ独身だったころに戻ったような気がする。

ソンミは、リビングに家族写真を飾る女の気持ちがわからなかった。かといって彼女が夫と息子を愛していないわけではなかった。ただ、自分の人生が二両編成の列車のように、彼らが存在していなかった時間と、彼らが自分の人生にわりこんできてからの時間、というように二つにはっきりと分かれていると思うと、かぎりなく悔しく、やるせなくなるのだった。

キョンアンは電話のベルで目を覚ましたが、起き上がろうとはしなかった。当時、流行していた留守電機能のある電話機を、彼女は家にいてもいなくても常に留守電にしていた。

――ただいま留守にしております。ご用件のある方はメッセージをお願いします。

アナウンスが終わると電話が切れた。たまにメッセージを残さないで切る人もいたが、べつに気にも留めなかった。暇で電話をしたのならわからないが、訃報や債務、しめきりのような急ぎの案件なら、ふつうはメッセージを残すはずだ。起きて水を飲み、煙草を吸おうとしていると、再び電話のベルが鳴った。キョンアンはじっと立ったまま、留守電のアナウンスが終わるのを待った。今度は電話が切れなかった。

――あの……キム・キョンアンさんのお宅ですか。

キョンアンは電話に近づいた。

――あたし……ソ・ヘリョン……おぼえてるかな。高二のとき同じクラスだったんだけど。

予想もしなかった電話に、キョンアンは思わず受話器を取った。

「もしもし？」

――わあ、ビックリした！

「あたし、キョンアン。ヘリョンなの？」

――そうよ、あたし。やっぱりキョンアンだったのね。

キョンアンはしばらく息を整えてから言った。

「久しぶりね」

――ほんと、久しぶり。けさ、何時ごろだったっけ、あたし、テレビであんたを見たのよ。

「あたしを？」

――映画が公開されるとかで。

キョンアンは、数日前に、ケーブルテレビの関係者が映画会社の事務所に訪ねてきて、撮影したことをようやく思い出した。せっかくだから監督と撮影監督の隣にすわったものの、ひと言も話さなかったので、自分は画面には映っていないと思っていた。しかもその番組を見て、高校時代のクラスメートが十四年ぶりに連絡をしてくるなんて、夢にも思わなかった。キョンアンはあらためてテレビの威力を思い知った。ヘリョンは午前中、放送局や映画会社などに電話をかけて、キョンアンの連絡先を教えてほしいと頼んだらしい。

「そうなんだ。なつかし～い」

――あたし、いま誰といっしょにいると思う？

「だれ？」

――ソンミ。

「パク・ソンミ？」

――うん。

「あんたたち、いまでも仲いいんだね」

――ううん。あたしたちもずっと連絡を取っていなかったんだけど、ここのアパート団地でばったり会ったのよ。ねえ、ソンミ。ひと月くらい前だったっけ？　四月だったよね？　ソンミは五年前からここに住んでるんだって。あたしは引っ越してきたばかり。

「すごい偶然ねえ」

――でしょ？

「会いたいな。あんたたち、相変わらずきれいなんでしょ？」

ヘリョンが笑いながら、それをソンミに伝えているようだった。キョンアンは不吉な予感がした。思ったとおり、電話の声がソンミに変わった。

――キョンアン、あたしよ、ソンミ。

「ソンミ、久しぶり」

――ほんと、久しぶり。こんな偶然もあるのねえ。

「だよね」

キョンアンは、ヘリョンとほんの一分前に話したことをアレンジしながら相づちを打った。長々とつまらないセリフをいって、時間を無駄にしているような気がした。

――ヘリョンが美容院のテレビであんたを見たんだって。

「へえー」

――なんとなく今日、美容院に行ってセットしたくなったんだって。

「そうなんだ」

――あんたに会うためだったのかもね。

「そうかもね」

――ちょっと待って。ヘリョンにかわるから。

ヘリョンが電話に出てたずねた。

――キョンアン、あんた今日、なにか予定入ってる？

「あたし？　べつに……」

――仕事が入っていないんだったら、いまから会わない？

「いま？　あたし、起きたばかりなんだけど」

――起きたばかり？　わあ、ソンミ、聞いた？　キョンアン、いま起きたばかりなんだって。さすが作家は違うわねえ。どうする？

そういうと、ヘリョンはソンミの返事も聞かずに話を続けた。

――いますぐ会おうよ。夕方にでも会えたらいいなって思ってたんだけど、それまで待てそうにないから。

せっかちなのは変わってないな、とキョンアンは思った。

「まだ顔も洗ってないし」

――じゃあ洗っててよ。あたしたちがそっちに行くから。そうだ、あんた、結婚してる？

「ううん」

――だと思った。住所、教えて。いまから行くから。

キョンアンは言われるとおりに住所を教えた。

――ここからそんなに遠くはないわね。あたしたち、タクシーに乗って一時間以内に着くから、それまで顔くらい洗っときなさいよ。食べるものも買っていくね。楽しみだねー。

電話を切ると、キョンアンはおかしな気分になった。私は二人に会いたいのだろうか、それとも会いたくないのだろうか。それはそうと、ヘリョンはなぜ私が結婚していないと思ったのだろう。キョンアンは窓を開け、煙草を吸った。二人が一方的なのが不快でもあり、愉快でもあった。いずれにしても、とキョンアンは煙草をもみ消した。二人に会うか会わないかは、もう自分の決めることではなかった。

高校二年のとき、ヘリョンとソンミと同じクラスになったキョンアンは、自分は二人とは違う世界の人間だと思った。たいして親しくもなかったし、親しくなるとも思えなかったので、二人とくらべてよけいな劣等感に捉われることもなかった。適当な距離を置いて彼女たちを眺めると、いつのときも花や夕焼けのようで、キョンアンは爽やかでほんのりと幸せな気分になるのだった。

ヘリョンは学校一の美少女だと噂されていた。美に対する基準が人と少し違っている生徒たちも、一番ではなくても三本の指に入るのは認めた。ヘリョンは清潭洞《チョンダムドン》の一戸建てに住んでいた。そこは、江南《カンナム》きっての財産家で、かつて詐欺事件などの物議を醸した張《チャン》女史の住んでいる町だった。キョンアンは、親しくなってから一度だけ、ヘリョンの家に遊びにいったことがある。想像していたより庭は広くなかった。家のなかもなんとなく薄暗く、片づいていなかったせいか、家のことをきりもりする女の人がいないのではないかという印象を受けた。実際そうだったのかもしれない。ヘリョンは末っ子で兄と姉がたくさんいたけれど、両親と兄姉がなにをしているのか、聞いたことがなかった。知っているのは、ヘリョンのすぐ上の姉が彼女よりもずっと美人で、ジュースのＣＭに出ていることだけだった。でもそれは、同じ学校の生徒なら誰でも知っていた。

ヘリョンはひどい遠視で、遠くのものは驚くほどよく見えるのに、近くのものが見えなかった。だから本を読んだり字を書いたりするときは眼鏡をかけていた。いつだったか、レストランで眼鏡を取りだすのが面倒だから、とソンミにメニューを読んでもらっているのを注文を取りにきた店の人が見て、目が見えないと思われた、という話も聞いたことがある。そんなヘリョンの遠視も、広いディスコに行くと真価を発揮した。遠くにいる男の小さな顔がどれだけハンサムなのか、その隣の女がどんなアクセサリーをつけているか、はっきりと見えるというのである。朝礼のときは、運動場で訓話をしている校長の白髪にとまった蠅も見えるのだ。ヘリョンのせっかちな性格は、彼女が遠視だからではないかとキョンアンは思った。遠く離れているものがはっきり見えると、どうしても距離感が失われ、すぐにでも手が届くと思いがちだ。だから時間に対してもせっかちになるのではないだろうか。

ヘリョンにいつもくっついていたソンミのことを、キョンアンはほとんど知らなかった。ソンミもきれいな顔立ちをしていた。ほっそりした顔の中央に鼻がスーッと伸びているのが印象的だった。鼻筋は通っているのに小鼻がまるいので、かわいらしく福々しい感じがした。ヘリョンの鼻はどちらかというと長めだった。自分の顔のなかで長い鼻を一番嫌っていたヘリョンは、ソンミのかわいらしい鼻をうらやましがった。ソンミは一時期、肌のトラブルがひどくて、顔中にニキビができていたことがあったが、それさえなければ美しく粧《めか》した申師任堂《シンサイムダン》（一五〇四―一五五一年、朝鮮時代中期の女性画家）の肖像画を思わせる、古典的な東洋美人だった。

キョンアンは、二人がいつも連れ立って登下校したり、ディスコに行ったりするので、てっきりソンミも清潭洞《チョンダムドン》に住んでいるのだと思っていた。そのことをヘリョンに話すと、ヘリョンはなにかをじっと考えるような顔をして、同じ町に住んでるんじゃなくて、と言ってしばらく間をおいてから、ソンミはたいてい狎鷗亭洞《アックジョンドン》で遊んでいる、と続けた。キョンアンにはそれがなにを意味するのかわからなかった。ソンミの家は清潭洞でも狎鷗亭洞でもないように聞こえた。いずれにしても江南《カンナム》であることには変わりはないけれど、当時は、清潭洞と良才洞《ヤンジェドン》、狎鷗亭洞と蚕室《チャムシル》は、まったく別の場所だ。結局、キョンアンはソンミがどこに住んでいるのか聞きだせなかった。そのせいか、ソンミはどことなく謎めいて見えた。

二人はそれぞれ大きなビニール袋をさげて、キョンアンのワンルームに入ってきた。三人はとりあえず再会したことを大喜びしてから、ビニール袋のなかのものをキッチンの一人用テーブルの上に並べた。キョンアンの目には、なんの統一性もないように見えた。

酒はワインとウィスキー、缶ビールと焼酎。酒の肴には、キウイやイチゴなどの果物と、ハムとチーズ、ナッツ類があるかと思うと、なぜかじゃがいも、ズッキーニ、唐辛子、にんにくなどの野菜もあった。続いて分厚い牛肩ロースに、チゲ用の豚肉、カッキムチ（芥子菜のキムチ）、エゴマの葉のキムチが出てきた。酒と肴に統一性がないのは、ヘリョンが家にあったものを手当たりしだいに詰めてきたからであり、そこにデパートの食品売り場で買った、豚肉コチュジャンチゲを作るための材料が混ざっていたからだった。カッキムチとエゴマの葉のキムチは、冷蔵庫に保存しておけば、あとでキョンアンが食べるだろうと思って二人が持ってきたものだった。

ヘリョンとソンミは相変わらず美しく、すらっとしていた。ヘリョンはカーラーで巻いた長く豊かな黒髪に、市松模様のジャケットを着て、太ももが半分ほど見えるスリムな白いハーフパンツに、足首まで編みあげた黒いレザー紐のサンダルをはいていた。ソンミは明るいブラウンに染めたボブヘアに、シルバーグレーのチャイナブラウスを着て、濃いグレーのフレアスカートにグレーの靴をはいていた。二人とも背が高いのは昔から変わらないとして、ヘリョンは明らかに前よりきれいになっていたし、ソンミはかわいらしさから脱皮して華やかになっていた。キョンアンがそう言うと、ヘリョンが自分の鼻を指さした。

「やっぱりわかる？　あたし、鼻の手術したの」

「鼻……？」

驚いたのはキョンアンのほうだった。

笑っているヘリョンに代わってソンミが説明した。ある日、ヘリョンがふと目を覚まして鏡を見ると、自分の鼻が少し長くなっていた。ピノキオでもあるまいし鼻が長くなるはずはないのだが、一日中落ち着かなくて、暇さえあれば鏡をのぞいていた。つぎの日も、そのつぎの日も、目を覚ますとまっ先に鏡を見た。そのたびに鼻が長くなっている気がした。そうして一週間、鼻が長くなる幻覚に悩まされたヘリョンは、ついに鼻骨を削ろうと決心し、その日のうちに整形外科に行って手術をしたというのだった。でもキョンアンの目には、ヘリョンの鼻が変わったとは思えなかった。それに鼻が短くなったからヘリョンがきれいになったと思ったわけではなかった。

「よくわからないけど」

キョンアンがそういうと、今度はヘリョンが身を乗りだし、自分の鼻を指さして話した。

「はじめはもっと短かったのよ。鼻の骨って、削ってもまた長くなるんだって。もっと短くしておけばよかったんだけど、あたし怖くて、少しだけしか削らなかったの。そしたらすぐもとに戻っちゃった。気分がいいときは一ミリ短くなったような気がするけれど、気分の悪いときなんか一ミリ長くなった気もするし。結局なんにも変わってないのよね。あんなに苦労したのに！」

二人はそんな話をしながらも、せまいキッチンで腕まくりをし、忙しそうに動いた。なにがどこにあるのかたずねなくても、手際よく鍋やまな板、包丁、ハサミなどをさがし出して、洗い、刻み、切った。冷蔵庫も、冷凍室を一度、冷蔵室を一度開けて、なかをざっと見回しただけで、自分たちが持ってきたものをぱっぱと詰めては取りだした。二人がキョンアンにたずねたのは、たった一つ。タンスの横に二列にして重ねてある、縦横六十センチほどの木製収納ボックス、六つのうち、二つをおろして使ってもかまわないか、ということだけだった。

「かまわないけど、どうして？」

「あれを下ろしてテーブルのかわりにしようと思って」

とてもいい考えだった。これまでなぜ思いつかなかったのだろうと、キョンアンは悔やんだ。友人が来ると、いつも床に新聞紙を敷いて飲んでいたのだ。ソンミとキョンアンが靴下や下着などの入った収納ケース二つを部屋の中央に置くと、ヘリョンが雑巾を持ってきて上面を拭いた。ソンミがキッチンのシンクの引き出しから、この家の主《あるじ》も知らなかったベージュ色の風呂敷を出してきてその上にかぶせると、ヘリョンが机に置いてあったホチキスで四隅をとめて固定した。

キョンアンはとても驚いた。高校のときにもし誰かが、十四年後にこの二人があんたの家にやってきてこんなことをするよと言っても、たぶん信じなかっただろう。はっきりいって二人は、包丁で豆腐すら切ったことのない少女だった。一生そうして暮らすものだと思っていたのに、ある日突然、家に押しかけてきて、じゃがいもの皮を剝き、豚肉をパックから出し、炊飯器のふたをはずして洗っている姿は、見たことのない他人のようだった。もちろん、彼女たちは相変わらず蝶のように華やかで美しかったが、十四年という歳月は、彼女たちのある部分をむしりとって、どこかの落とし穴にでも埋めてしまったかのようだった。

キョンアンが二人と親しくなったのは、新しい数学の先生の赴任がきっかけだった。背の低い年配の先生は辞め、体が大きくて声のでかい、赤ら顔の中年教師がやってきたのだった。彼は塾の単科クラスで人気のある数学講師だったのだが、課外授業禁止令（一九八〇年、全斗煥政権が塾や家庭教師などを禁止し、これに背いた者を法的に罰した。）が出るなり、こんなことやってられるか、と塾の仕事をやめてしまった。ちょうどそのころ、彼女たちの通っていた高校の理事会が、全国数学コンクールの成績が悪くてショックを受け、いい先生がいないかあちこちたずね回っていたところ、伝説の数学講師だという彼をさがしあて、特別採用することになったらしかった。

外見は山賊のようで、煙草の匂いが体に染みついている彼は、かなり変わったやり方で授業を進めた。初日、教室に入ってくるなり、二十五個の問題が印刷されたプリントを配り、つぎの授業時間までに解いてくるようにと言った。どれも参考書や問題集にはない、難易度のかなり高いものだったので、勉強のできる生後たちが手分けして解き、あとの生徒たちはその答えを写した。つぎの時間に先生が、問題が解けなかった生徒は立てと言うと、誰も立ち上がらなかった。なら全員解いてきたんだな？　とたずねると、生徒たちは、はい、と元気よく答えた。そうするべきではなかったのだ。その瞬間、彼の赤くて脂ぎった顔に浮かんだ、無邪気で楽しそうな笑みを、生徒たちは卒業するまで忘れられなかった。

先生は窓側の列を指さして、こっちからだな、一人ずつ前に出てきて黒板の問題を解いてみろ、と言った。窓側にいた生徒たちは真っ青になった。最初の生徒が問題の意味がまったくわからず解くのをあきらめたとたん、彼は冷酷な顔つきになり、口角を上げ、全部解いたんじゃなかったのか、とか言いながら、チョークの粉が真っ白についた黒板消しでその生徒の頭をコンコンとたたいた。あちこちから悲鳴が上がった。彼は頭が白くなった生徒に、本と所持品を全部カバンに詰めて、教室のうしろで持ちあげていろと言った。つぎの生徒も、またそのつぎの生徒も黒板消しで頭をたたかれ、白くなった頭でカバンを持ってうしろに行った。窓側の列が全滅すると、つぎは隣の列の番だった。ようやく一人が一番の問題を解いて答えを書いた。自分の席に戻ろうとしたその生徒に彼が、ちゃんと説明してみるんだな、と言った。その生徒は説明をしようとしたが、先生はわずかな隙も見逃さなかった。ここでどうしてこうなるんだ、と突かれると、その生徒はただなんとなく、と答えた。すると、すぐさま黒板消しでたたかれ、カバンを持ってうしろに行かされた。先生は顔を真っ赤にして、唾を飛ばしながら叫んだ。

なんとなくとはなんだ。べつに数学にかぎったことじゃない。この世の中になんとなくなんてものがだな、あると思うか？

生徒たちは無理して問題を解いたり、説明して怒らせるよりも、素直に自分の無能さを認め、ひどい目に遭うほうを選んだ。ヘリョンやソンミのようなきれいな子たちも例外ではなかった。授業が終わるころ、教室のなかは怪しい風景と化した。席にすわっているのは、一番と二番の問題をなんとかクリアした二人と、キョンアンのいる廊下側の生徒たちだけだった。教室のうしろは、頭にチョークの粉をかぶり、黒い冬服を着て、汗を流しながら重いカバンを高く持ちあげている生徒たちで足の踏み場もなかった。まるでハクトウワシの群れが羽を広げて、いっせいに飛び立とうとしているかのように壮観な眺めだった。キョンアンの前の席にいた生徒たちも順々に頭をたたかれ、その群れに合流した。自分の番がくると、キョンアンはブルブル震えながら前に出て、三番の問題を解き、先生の納得がいく説明をすることになんとか成功した。先生がキョンアンに、名前と、どこの金《キム》氏家門なのかたずねた。キョンアンが答えると、彼はにっこりと笑った。

やはりな。俺たち金氏はこうなんだよな。

不幸にも、先生とキョンアンは姓と本貫（氏族の始祖の発祥地）が同じだった。その日から始まった彼のキョンアンに対する偏愛は卒業するまで続いた。キョンアンは高校二年から三年までずっとチョークの粉をかぶる悪夢にうなされ、彼が出した数学の問題を解くために必死になった。家門の栄光だと思われている自分が彼を失望させたとき、その怒りがどれほどのものか、キョンアンは想像もしたくなかった。事情はどうであれ、一生懸命勉強したおかげでキョンアンの数学の実力は上がり、おまけに彼がキョンアンを「ミス・マス（Miss Math）」という愛称で呼ぶという、恐ろしいことまで起こった。

他のみんなもそうだったが、ヘリョンとソンミも数学の時間になると恐怖に震えた。はじめて黒板消しでたたかれ、教室のうしろでカバンを持って立たされたその日から、ヘリョンは数学の授業がある日は学校に来なかった。それまでヘリョンはそんな扱いを受けたことがなかったし、想像したこともなかった。だが、いつまでも欠席するわけにもいかない。ある日、ヘリョンはキョンアンに、いっしょに数学の勉強をしながら、わからないところを教えてくれないかと頼んだ。キョンアンはもちろん断れなかった。それからというもの彼女たちは一週間に二回、火曜と金曜、授業が終わったら「ハート」に行って数学の問題を解いた。彼女たちというのは、ヘリョンとソンミ、キョンアンのことで、「ハート」はヘリョンとソンミがよく行くレストランだった。

当時、もし家庭教師が禁止されていなかったら、ヘリョンがキョンアンにそんな頼みをすることはなかっただろう。いや、それ以前に、あの山賊が赴任してくることもなかったはずだ。そうなれば彼女たちが三十二歳のときに再会することもなかっただろう。だから、そもそもの発端は、課外授業の禁止令が出されたからなのである。

まだ午後三時前だった。三人は牛肩ロースとニンニクを焼き、赤ワインを飲むことにした。肉はオリーブオイルとレモン汁とハーブにマリネしてあったから、塩以外のソースは必要なかった。彼女たちはワインを飲みながら、これまでどう過ごしてきたのかを語り合った。ガスレンジでは、ざっくり切ったじゃがいもとズッキーニ、玉ねぎの入った豚肉コチュジャンチゲが煮えていた。

キョンアンはこれといって話すことがなかった。大学を卒業し、あれこれアルバイトをしているときに知り合いの先輩に出会い、映画界に足を踏み入れ、シナリオを書くことになり、今回の「ソンサ里《リ》に行く道」は初めての映画化されたシナリオだ、くらいだった。

ソンミの話もそれほどドラマチックではなかった。大学を卒業したあとブランド品売り場で働いて、いまの夫に出会って結婚し、七歳になる双子の息子がいるという。航空機の操縦士をしている夫は長く家をあけることが多く、双子の面倒を見てくれるお手伝いさんがいるので、外出はわりと自由にできるらしい。ところがおかしなことに、夫と双子の話をするときのソンミの顔には、ずいぶん前に死んだ家族の話をするような、説明のつかない悔恨の念がよぎった。秘密めいたふりをするのは相変わらずだと、キョンアンは思った。

キョンアンの期待を裏切り、ヘリョンもまたごくごく平凡に暮らしていた。ヘリョンは二年制大学に入ったけれど、途中でやめてしまったらしい。高三のときはクラスが違ったので、ヘリョンが二年制大学に行ったことをキョンアンは知らなかった。当然、ソンミがどこの大学に行ったのかも知らなかった。二人の数学の実力からして、ソンミがヘリョンよりいい大学に入ったとは思えないが、必ずしもそうとはいいきれない。ヘリョンは大学をやめてから、しばらく遊んでいたという。

「あたし、遊ぶの大好きだしね」

そうして遊んでいるうちに、ある人の紹介でいまの夫と知り合って結婚し、二年間、大田《テジョン》で暮らしていたけれど、この三月に夫の職場がソウルに移ったのをきっかけに狎鷗亭洞《アックジョンドン》に引っ越し、そのころ偶然、ソンミとも再会したというわけだ。夫は医者で、子どもはまだいないという。しばらく沈黙が続いた。ヘリョンは残りのワインを飲み干し、いきなり口を開いた。

「うちの旦那がサイコパスだってこと、この子がよく知ってるわよ」

ソンミがそうね、という顔をした。

「お腹もいっぱいになったことだし、ウィスキーにしようかな」

ヘリョンがワイングラスを置くと、ソンミが立ち上がった。

「そうする？」

ソンミはキッチンに行ってチゲのふたを開けてから、テーブルの上に置いてあったウィスキーを持ってきた。

「コチュジャンチゲ、もうすぐだから」

「じゃあ焼酎のほうがよくない？」

キョンアンがそう言うと、ヘリョンがハハと笑った。

「あんたはまだ結婚してないからわからないのよ」

「そうね」

ソンミも笑みを浮かべた。

「なにを？」

キョンアンは自分がなにを知らないのかわからなかった。

「あたしたちみたいなアジュンマ《おばさん》はそんなの関係ないの。ウィスキーにコチュジャンチゲのどこが悪いのよ。ソンミ、あたしたちこのまえウィスキーを飲みながら食べたの、なんだったっけ？　ちょっと変わったものだったけど」

「ホヤだったっけ、手長ダコだったっけ？」

「そうそう、手長ダコ！　生の手長ダコだった。屋台で買ってきて、ウィスキーといっしょに食べたのよね」

「そうだった。あと卵蒸し《ケランチム》を肴にコニャックを飲んだこともあったじゃない？」

「そうそう。意外といけるのよね」

「おいしかったよね」

二人の会話を聞きながら、キョンアンは黙って赤ワインを飲んだ。ヘリョンがロースをひと切れ、キョンアンに差しだした。キョンアンがぎこちなく口を開けると、ヘリョンはウィンクをして肉を口に入れた。肉を噛むと、肉汁の隙間からレモンとハーブの香りが口いっぱいに広がった。その瞬間、キョンアンの記憶のなかで、オレンジ色に白い水玉模様のついた傘がパッと開いた。ひょっとしたらこの記憶のせいで、二人に会いたくないと思ったのかもしれない。

ある雨の日、授業が終わったあとのことだった。いっしょに数学の勉強をする日だったので、キョンアンは二人のあとについて教室を出た。彼女たちは楽しそうに笑いながら階段を下りた。入り口まで来ると、ソンミが困ったようにヘリョンを小突いた。ヘリョンがふり返ると、ソンミは目配せをした。ヘリョンはぽかんとして、ソンミとキョンアンをかわるがわる見つめた。するとソンミがヘリョンを隅のほうに引っ張っていき、耳元でなにかささやいた。二人はしばらくヒソヒソ話をした。そのあいだキョンアンは上ばきを脱いで、靴をはいた。そのあとソンミがやって来て、自分たちは今日、約束があるから数学の勉強ができなくなったと言った。キョンアンはそうなんだ、わかった、と答えた。そのそばでヘリョンがこわばった顔をして、じゃあここで別れよう、と言った。ソンミが笑いながら、また明日、と手をふり、キョンアンも手を振った。ヘリョンはキョンアンを避けるようにして、黙って靴をはきかえた。二人はオレンジ色に白い水玉模様の傘をいっしょにさして去っていった。カバンを背負い、春秋用の制服である白いブラウスに黒いスカート、白い靴下に黒い靴をはき、細い棒のようにほっそりしたふくらはぎで雨のなかを歩いていく彼女たちのうしろ姿を、キョンアンは見ないふりをしながら見守った。ディスコに行くのかな。二人の姿が見えなくなったあと、冷気を吐きだしているセメントの壁に囲まれた玄関で、キョンアンはたった一人、自分の脱いだ上ばきを、長いあいだじっと見下ろしていた。

彼女たちは豚肉コチュジャンチゲにウィスキーを飲みながら、高校のときの思い出話をした。そのなかで最も興味深かったのは、数学教師の話で、そのつぎは担任の話だった。

「モーセの十戒事件、おぼえてる?」

ヘリョンが訊いた。

「もちろんよ」

ソンミが言った。キョンアンもうなずいた。忘れたくても忘れられない事件だった。

いつからだろう。教室で盗難事故があいついで起こり、担任はなんとしてでも犯人を捕まえようと必死になっていた。そのうちある確信を得た担任は、ある日の終礼のとき、犯人だと目星をつけた生徒を立たせ、十戒の七番目を諳《そら》んじてみろと言った。疑われているとは夢にも思っていなかったその生徒は、狂信者である担任に試されているのだと思い、自分がどれだけ聖書の勉強を一生懸命しているのかを証明するように、大きな声で答えた。姦淫するなかれ、です! その日のことはいつ思い出しても気味が悪く、息が詰まりそうになる。

「あのとき、担任がどもりながら、いや、それじゃない、別の、あれ、あれは何番目だ、って顔を真っ赤にしてたよね」

「そうだった」

「それで、盗むなかれ、は何番目だったの?」

「姦淫するなかれ、のすぐ前かあとでしょ」

「あの子、学校やめたのよね」

「つぎの日から来なかったね」

「あの子が犯人だったのかしら」

ヘリョンがそう言うと、ソンミが冷静に答えた。

「たぶん」

話はさらにさかのぼり、ヘリョンとソンミは中学生時代のアイドル――中学三年のときに来韓してコンサートを演った美少年シンガー、レイフ・ギャレットの話をした。同じ中学を卒業した二人は、コンサートに行けない悔しさを晴らすために、授業が終わったあと教室でコンサートの実況録音テープをかけ、右の手首にハンカチを巻いて踊ったと語った。早く大きくなってディスコに行き、思いきり踊って遊ぶのが唯一の望みだという少女たちであふれていた、一九八〇年六月の江南《カンナム》を思い出すと、キョンアンは妙な気分になった。

ヘリョンとソンミは思い出したついでに、当時のように右の手首にハンカチを巻いて、楽しそうに

「I Was Made for Dancin'」と「Surfin' USA」を歌いはじめた。そしていきなり、今晩踊りにいかないかとキョンアンを誘った。キョンアンはいいよ、と言った。だったら酔っぱらっている場合ではないと、彼女たちはウィスキーをやめて缶ビールにした。それからキョンアンのクローゼットを開けて、ナイトクラブに着ていけるような服をさがした。キョンアンは白いタンクトップに青いカーディガン、デニムのショートパンツに決めた。キョンアンは酔っぱらった状態で、二人にされるがままに濃いメイクをし、髪にはジェルやムースをつけた。最後にヘリョンがバッグから大きなリングのピアスを取り出し、キョンアンの耳につけた。

ヘリョンとソンミは若者ばかりが集まるところではなく、それでいて年齢層も高くないナイトクラブをさんざん探しまわったあげく、ようやくRホテルのナイトクラブに決めた。三人は夜八時ごろコールタクシーを呼び、Rホテルへ向かった。タクシー代もナイトクラブの入場料も、酒代もすべてヘリョンが出した。昔「ハート」で数学の勉強をしたとき、食事代もビール代も全部ヘリョンが出していたことを、キョンアンは思い出した。

キョンアンは、ナイトクラブでのことを半分くらいしかおぼえていない。おぼえているのは、入るなり大音響にびっくりしたこと、ルチアーノ・パヴァロッティに似た外国人の男性がヘリョンをナンパしていたこと、当時流行していた歌がかかると、みな熱狂して曲に合わせて歌い、一糸乱れず踊る姿が、稲光のごとく光るサイケデリックライトのもとにさらけ出されたこと、歌が終わるといっせいに湧き起こる悲鳴とも喚声ともつかない、わーーっという叫び声などだった。キョンアンはときどきステージに引っ張られていき、激しく体を揺らしたので、一時間ほど経ったころには酔いも覚めていた。

キョンアンとヘリョンはへとへとになり、テーブルについてビールを飲んだが、ソンミは少しも疲れていないようすで、またステージに踊りにいった。ヘリョンはこうして会えてとてもうれしいと大声で叫んだ。キョンアンも、私もうれしいと大声で言い返した。二人は大声を張り上げて話をした。あのときだっていっしょに行きたかったのに、とヘリョンが言い、キョンアンはいつのことかと訊いた。もちろん高校のときよ。キョンアンは黙ってビールを飲んだ。誘ったこともなかったくせに、こんなことをいうヘリョンが理解できなかった。ステージの照明がパパパパッと音を立てながら細い円錐に枝分かれした隙間から、ソンミがパバロッティといっしょに踊っているのが見えた。ヘリョンがまた大声で言った。ねえ、なんであんなに数学ができたのよ？　キョンアンは笑った。あたしたち、情けないよね。え？　あんたは勉強ができたから、いつもディスコに行って遊んでばかりのあたしたちって情けなかったでしょ？　そんなことない。うそ。本当よ。わかってるんだから。キョンアンは、違うのに、と言った。ヘリョンは真っ赤に塗った唇をゆがめた。だから行かないって言ったんでしょ？　キョンアンはじっとヘリョンを見た。もう忘れてるよね。なにを？　雨の日のこと。キョンアンはヘリョンの隣にすわって、耳元で大きな声を上げた。あんたとソンミがオレンジ色に白い水玉模様の傘をいっしょにさして帰った日のこと？　ヘリョンが目を見開いた。ものすごく濃いアイメイクをしているうえに、もともと大きな目をさらに大きく見開いたので、顔の半分が目になった。「ベティ・ブルー」に出てくるベアトリス・ダルと似ている、とキョンアンは思った。あの傘、とてもかわいかったけど、誰のだったの？　あたしの。そうなんだ。ヘリョンがキョンアンの手を握った。ねえ、本当にあたしたちのこと無視してなかった？　キョンアンがいきなり大声を出した。あたしはあんたたちが羨ましかったよ！　ヘリョンがキョンアンを抱きしめた。今日、あんたに会えて本当によかった。

ヘリョンはクラブを出ると、酔いも覚めたことだし、あんたの家に行って残りの酒で飲みなおそう、と大声で言った。キョンアンはいいよと答えた。ところが、ソンミはためらっているようだった。ヘリョンがキョンアンの耳元で、旦那と双子が心配なのよ、と大声で言った。でもそれは思いちがいだった。ソンミはキョンアンのワンルームに行くのをためらっているのではなく、その前に、もう少し外で遊びたかったのだ。ソンミの知り合いの女性がやっているという方背洞《パンベドン》のカフェに行って、もう一杯飲むことにした。そこで彼女たちは、ヘリョンは、ソンミは知り合いがとても多いのだとキョンアンの耳元で大声を上げた。キョンアンは、ヘリョンは本当に酔いがさめているのだろうか、と疑わしく思った。もしかしたらまだ騒がしいナイトクラブにいると錯覚しているかもしれない。

方背洞のカフェでウォッカを飲んでいるうちに、キョンアンはまた記憶が途切れた。はじめはヘリョンとキョンアン、ソンミの三人で飲んでいた。ヘリョンは数学に対するトラウマがよほど大きかったのか、キョンアンの数学の実力をほめ続け、ソンミもうなずいた。ヘリョンが、これからはときどき三人で会って遊ぼうと言い、ソンミも積極的に同意した。そのうちカフェのオーナーが合流し、カフェのオーナーとソンミ、ヘリョンとキョンアンの二組に分かれて話をした。ヘリョンはキョンアンに、自分の夫がサイコパスであることを証明するために、夫の奇妙な行動について並べ立てたが、サイコパスというよりはアルコール依存症ではないかとキョンアンは思った。ヘリョンの夫が悪質な行いをするのはいつも酒に酔っているときだ。キョンアンは映画畑で、泥酔したらその何倍もひどいことをする人間を嫌というほど見てきた。キョンアンがそう言うとヘリョンは驚いた。でもソンミも言ってたのよ、あんたの旦那みたいなサイコパスははじめてだって。

いつのまにかカフェのオーナーの恋人まで合流した。肌が浅黒く、体格のいい三十代半ばの男で、ハーフではないかと思うほどエキゾチックな顔をしていた。彼が合流すると、女同士で飲んでいたのとはまた違う楽しさがあった。ウォッカを二本飲んだあと、ヘリョンが酒代を払い、みんなでキョンアンのワンルームに流れこんだ。オーナーの恋人がどこかで刺身を買ってきたので、彼らは残っていた焼酎をつぎつぎに空けた。気がつくと、カフェのオーナーの姿は見あたらなかった。キョンアンはいつのまにか酔いつぶれていた。

翌日、キョンアンは正午近くに目を覚ました。男はいなかった。キョンアンとヘリョンとソンミの三人だけが残っていた。いろいろな酒を混ぜて飲んだせいで、頭がズキズキした。キョンアンは熱い湯にコーヒーの粉だけを入れてすすり、煙草を吸った。煙草の匂いでヘリョンとソンミも起きてきた。厚化粧をしたまま眠ったので、二人ともパンダのような顔だった。ヘリョンは水を飲んでからまた横になり、ソンミは散らかっている部屋を片づけはじめた。

「いいよ、なにもしなくて」

キョンアンがそう言うと、ソンミは手を止めた。

「インスタントしかないけど、よかったら淹れようか」

それを聞いたヘリョンが、ウーンと唸《うな》り声を出しながら起き上がった。

「そうね。とりあえずそれでも飲んでから、酔いざましになにか食べにいこう」

キョンアンがコーヒーを二杯淹れてきた。三人は、刺身と辛子酢味噌《チョジャン》、サンチュなどが散らかっている、パレットのようなテーブルを囲んですわり、コーヒーを飲んだ。

「夕べあれからどうなったの？　あたし、最後のほうは全然おぼえていないんだけど」

ヘリョンが訊いた。

「あたしもあんまりおぼえてない」

キョンアンが言った。

「あたしは全部おぼえてる」

ソンミが確信を持って答えた。

「すごいね、パク・ソンミ！」

ヘリョンが感心した。

「ねえ、あの彼氏はどうしてここまでついてきたの？」

ソンミが訊いたが、誰も答えなかった。それは夕べのことをはっきりおぼえているソンミが一番知っていることだろう。

「それよりカフェのオーナーはいつ帰ったのよ？」

キョンアンが訊いた。

「彼女は最初からここにはこなかったわ。彼氏だけがついてきたのよ」

ソンミはそう言うと口をつぐんだ。ヘリョンは頭が痛むらしく、手で額をぎゅっぎゅっと押していた。

「コーヒーのおかわりは?」

二人はもういいと言うので、キョンアンは自分のぶんだけ淹れた。のどの渇きを癒すためにあと五杯は飲みたかった。

「こんなこと話していいかどうかわからないけど」

ソンミが慎重に口を開いた。

「なに?」

「あたし、きのうカフェの彼女にびっくりすること聞いたのよ」

「ふーん」

ヘリョンが興味のなさそうな声を出した。

「彼氏、ひどい性病持ちなんだって」

「ええ?」

キョンアンは驚いた。ヘリョンも目を大きく見開いた。アイメイクがにじんで、ますますベティ・ブルーのように見えた。

「彼女もはじめは知らなかったんだけど、そのうちあそこがあんまりヘンだから病院に行ってみたら、病気をうつされてたんだって」

「はぁ、なんてこと」

「もっとびっくりしたのは」と、ソンミはヘリョンを見ながら言った。ヘリョンはぼんやりした美しい目でソンミを見ていた。

「それがとてもひどい菌でね、彼女、子宮を取っちゃったんだって」

「子宮を?」

キョンアンは一気に酔いがさめたような気がした。

「子宮がとけてしまうほどの恐ろしい性病だったらしいわ」

「ああ、殺してやる!」

キョンアンはそんな男を家に入れたことに腹が立った。ヤツが家の隅々にまでその恐ろしい病原菌を落としていったのではないかと思うと、不安に襲われた。

「なんでいまごろ言うのよ!」

「だってあの男が帰ろうとしないから」

「コーヒー飲んでから、まずは便器を洗わなきゃ」

ソンミがうなずいた。

「そうね。そうしたほうがいいわね」

「オーナーはなんであんなヤツと会ってるわけ?」

「さあ……」

キョンアンはソンミが他にもなにか言うのかと思ったが、それで終わりだった。ヘリョンは黙ってマグカップを回しながら、なかのコーヒーをのぞきこんでいた。そんな近くのものを見ているのは、なにも見ていないのと同じだった。二人にとっては大したことではないかもしれないが、キョンアンはしだいに神経が尖ってくるのを感じた。男が使ったグラス、箸、すわっていたところ、横になっていた場所、かぶっていた布団を思うと、キョンアンは居ても立ってもいられなくなり、いきなり立ち上がって浴室に飛びこんだ。ゴム手袋をはめて漂白剤をかけ、便器を洗った。タイルにも漂白剤をかけて磨き、シャワーの熱い湯で壁まで洗った。男が使ったかもしれないタオルはゴミ箱に捨てた。キョンアンが汗をかきながら出てくると、リビングにはソンミしかいなかった。

「ヘリョンは?」

「帰った」

「どこに?」

「家に」

キョンアンはうろたえた。

「一人で?」

「うん、あんたが便器を洗いにいくとすぐ、帰るって出ていったわ」

「酔いざまししようって言ってたのに」

「そんな気分じゃないんでしょ」

「そうなの?」

二人はしばらくなにも言わずにすわっていた。ヘリョンはなぜ黙って帰ってしまったのか、ソンミはなぜいっしょに帰らなかったのか、キョンアンは理解できなかった。頭がズキズキし、なにもかも嫌になった。キョンアンはふいに異物感をおぼえ、耳にかかっていた大きなリングピアスを外した。

「明け方」と言って、ソンミがキョンアンのほうを見た。

「明け方がどうしたの」

「なにか声がしなかった？」

「声？」

「ううん、なんでもない」

「声って？」

ソンミは黙ったままだったが、しばらくして立ち上がった。

「あたしも帰るね」

キョンアンはソンミを見上げた。

「おかげで楽しかった、キョンアン」

ソンミはバッグを肩にかけ、玄関でグレーの靴をはいた。キョンアンも立ち上がって玄関のほうに行くと、ドアを開けようとしていたソンミがふり返った。

「ヘリョンのこと、心配だわ。まだ子どももいないのに」

低い声でささやくようにそう言うと、ドアを開けて出ていった。ブラウスとスカートがひどく皺《しわ》になっていた。それを見てキョンアンは、ソンミに対する抑えられない軽蔑の念が少しだけ和らいだ気がした。

その後、ヘリョンからはなんの連絡もなかった。ソンミはキョンアンに何度か電話をよこし、家に遊びに来ないかと誘った。キョンアンは一度、狎鷗亭洞《アックジョンドン》の近くに行ったついでに、ソンミのアパートに寄ってコーヒーを飲んだことがあった。

ソンミが住んでいるのは団地のなかでも一番せまいアパートで、建物の外観もあまりきれいではなかった。でも家のなかは病室のように清潔だった。リビングには座布団が二つだけあった。ソンミはお盆に急須と湯のみをのせ、ハーブティーを淹れた。キョンアンがハーブティーの香りがいいというと、ソンミは方背洞《バンベドン》のカフェのオーナーがくれたものだと言った。キョンアンが、彼女はまだあそこでカフェをやっているのかと訊くと、ソンミはたぶんそうだと言った。あの恋人とはどうなったのかとたずねると、それはよくわからないと言った。ソンミはヘリョンについてなにか話したそうにしたけれど、どういうわけか、自分からは決して話を切りだそうとしなかった。些細なことで意地を張っている少女のように、キョンアンもヘリョンのことを訊かなかったし、ソンミもヘリョンについてなにも話さなかった。

「あんたが作家だから言うんだけど」

いきなりソンミが言った。

「あたし、小さいとき二人の兄を一度に亡くしたのよ」

「そうなの？」

上の兄は高校生、下の兄は中学生だったという。なぜ死んだのかについては話さなかった。キョンアンも訊かなかった。みんななぜ作家には秘密を打ち明けたくなるのだろう。キョンアンは不思議だった。黙ってソンミの顔を見つめていると、急に奇妙な気分になった。あの日、赤ワインを飲みながら夫と双子の話をするときも、ソンミはたしか、いまと似たような表情だった。

キョンアンは急いでハーブティーを飲み、立ち上がった。正面にかかっている実物大のソンミの写真が、なんとも薄気味悪い雰囲気を漂わせながらキョンアンを見つめていた。

「よく写ってるね」

キョンアンがそう言うと、ソンミも写真のなかの自分をじっと見つめた。キョンアンはふと、ヘリョンはこの家に来たことがあるだろうか、と思った。二人が偶然会ったのはひと月前だというから、来たことはないかもしれない。もし来たことがあったとしても、こんな近い距離なら、ソンミがきれいに写っているのか、それとも不気味なのか、わからないのではないかとも思った。

玄関で靴をはこうとしたとき、キョンアンは隅のほうにきれいに揃えてある二足のサッカーシューズを見た。砂ひとつついていないそのサッカーシューズは、七歳の子どもがはくにはあまりに小さすぎた。

「またね」

ソンミが言った。キョンアンはふり返ってなにか訊こうと思ったが、そのままドアを開けて出た。十四年ぶりにしてようやく、ソンミが狎鷗亭洞に住んでいることをつきとめたけれど、彼女が誰といっしょに暮らしているのかはわからないままだった。それだけの理由ではないかもしれない。キョンアンは逃げるようにしてアパート団地を抜け出しながら、ソンミに漂う奇妙な雰囲気は、秘密めいた霧というよりも、致命的なガスに近いのではないかと思った。

その後、キョンアンは引き出しのなかにある大きなリングピアスを見るたびに、耳につけてみるのだった。ヘリョンならどんな遠くにいても、自分のピアスであることに気づくだろう。けれども、目の前で揺れているだけではわからない。自分もそうだと、キョンアンは思った。ソンミがキョンアンを家に呼んで話したかったのは、もしかしたらヘリョンとは関係のない話だったかもしれない。でもキョンアンはそれが何なのかはたずねなかったし、彼女が話したがっていることを聞こうともしなかった。

もうずいぶん前のことで、いまではピアスもどこにいったのか見当たらない。あれからキョンアン、ヘリョン、ソンミの三人は、一度も会っていない。

層

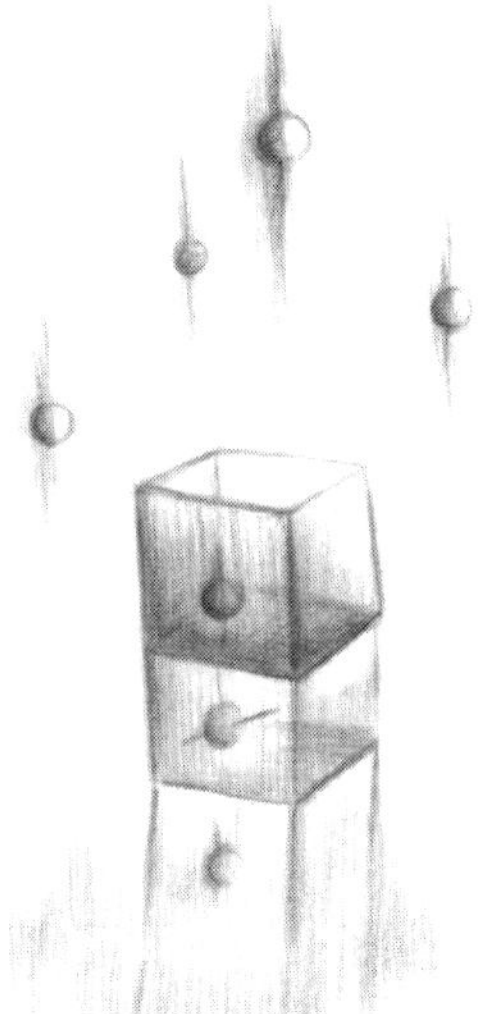

彼はインテ寿司を開け、掃除を始めた。床とバーとテーブルを拭き、箸箱と酒のグラス、ナプキンケースをそれぞれの場所に置いた。ふと見ると、バーの左端に見知らぬ携帯電話があった。電源を入れようとしたが、電池切れなのか入らない。彼はカウンターの引き出しに携帯電話を入れると、手を洗い、ネタにする魚の下ごしらえを始めた。魚を熟成させて寿司を作り、すべて売れたら店をやめるつもりだ。彼は最後の材料を清潔なタオルに包んで、ラップで巻き、冷蔵庫のなかに重ねて入れた。昆布を入れてご飯を炊き、方形に巻いた卵焼きと、鮭にかけるたれを作り、タコを茹でて切り、韓牛《ハヌ》の羽下肉《サルチサル》に胡椒とオリーブオイルをかけた。

仕込みを終えた彼はバーの内側に立ち、まる五年たった店内を見回した。インテ寿司は彼の二番目の店だった。最初の店は居酒屋で、インテ寿司と同じくらい小さかった。最高級の材料のみを用い、すべて手作り。たくわんや生姜の酢漬けにいたるまで自家製だった。そのぶん値段は高くした。おかげではじめは苦戦した。一年が過ぎたころには体重が十キロほど増え、筋肉は落ちていた。帰宅はいつも明け方で、即席ラーメン二つと、大きなパンをむしって食べながら、どこを旅行しようかと思いをめぐらせているうちに眠りについた。五年の賃貸契約が切れるころ、貯金はかなりたまっていた。仕事をやめてから一年は、体を鍛えたり国内のあちこちを旅行したりした。体重と筋肉量はもとに戻った。そして五年前、インテ寿司という店を開いたのだった。寿司だけなのであまり手間もかからないし回転も早かったが、酒の売り上げは伸びなかった。韓国の焼酎ではなく、日本のビールと地酒だけを置いた。それでもそれなりに客は来た。彼は、この店をたたんだら世界中を旅しようと思った。長く歩けて、一日中泳げて、何日も山に登れるようなところに行くつもりだった。

店のガラスごしに、初秋の夕暮れの光が奥深くまで差しこんできた。天井に吊るしたわら細工のふぐの飾りが黄昏色に染まっている。しょ……しょ……。彼の口のなかで、言葉にならない何かがぐるぐる回ったかと思うと、消えた。彼は頭《かぶり》をふり、ケースから包丁を取りだした。水で濡らした砥石に刃を斜めにあて、手に均等に力を入れて一秒に一回ずつ、シャーッシャーッと規則的に研いだ。研ぎおわると親指の先で押さえるようにしてなぞった。薄くて鋭い刃が指の下で息をひそめている緊張感がよかった。彼はつぎの包丁を出して研いだ。シャーッシャーッ。

誰かがドアを開けて入ってきた。薄手のロングコートを着た男だった。宙にぶら下がっているふぐのように、男の姿も差しこんでくる日の光で黄昏色に染まった。まだ準備中だというのに男は強引に入ってきて、きのうここに忘れ物をしたみたいなんだけど、と言いながらキョロキョロ店のなかを見回した。内心、あの携帯電話だろうと思いながら、彼は何を忘れたのかたずねた。

「マッチです」

「マッチ……ですか」

ライターでもなくマッチ？

「たぶんこの店だと思うんです。ゆうべ僕がここに来たの、おぼえてらっしゃいますよね？　そこにすわってたんだけど、後輩とふたりで」

男が指さしたのはバーの右端で、携帯電話のあったところだった。マッチではなかった。店には八人が並んですわれるバーと、三つのテーブルしかなかった。バーの両端にはたいてい一人客がすわった。彼は記憶をたどってみたが、ゆうべその男がその席にすわっていたのか確信が持てなかった。

「きのうここにいらしたのは確かですか」

「来た……と思いますけど」

男は思いのほかに自信のない声を出した。

「マッチは」、彼はこの言葉に力をこめて言った。「見かけませんでした」

「なら僕がマッチをサービスエリアに忘れてきたとでも?」

「サービスエリア……というのは?」

「間違いなくここかサービスエリアのどちらかなんです。僕が勘違いをしているのなら、マッチはここではなく竹田《チュッチョン》（京畿道龍仁市《キョンギドヨンイン》に位置する）サービスエリアにあるってことでしょう」

彼にわかるはずもなかった。男がさっさと出ていってくれればいいと思った。彼はひとりで包丁を研いでいたかった。そのとき、スピーカーからあの歌が流れた。「ドンデ・ボイ（Donde Voy）」だった。しょ……しょ……。

初秋《しょしゅう》の陽光。

口のなかでぐるぐる回っていた言葉がやっと飛びだした。初秋の陽光のような声ね、と彼女が言った。彼がぼんやりしていると、つまり私たちを悲しくさせる声だってことよ、と説明した。彼はそのあと、ネットで初秋の陽光と「ドンデ・ボイ」を検索してみた。「私たちを悲しくさせるもの」という詩とメキシコ歌謡、アントン・シュナック（ドイツの詩人）とティッシュ・イノホーサ（メキシコ系アメリカ人歌手）。ずっと前に聞いた名前なのに記憶していた。それらの名前をどれだけ長いあいだ口ずさんだことだろう。ドンデ・ボイのドンは金《かね》（韓国語で金を「ドン」と発音する）と関係のないことがわかってからも、彼はその歌を聞くたびに金を連想した。金と無縁のものなんてあるのだろうか、と彼は考えた。それよりなぜあのころを思い出すのだろう。歌のせいかもしれないいし、店を閉めるにあたって色々な想いが込みあげてくるからかもしれない。でも実のところ彼を不快にさせているのは、「初秋の陽光」と似ている、もっと下品で卑猥な言葉だった。彼は男のほうをふり向いた。男はいつのまにかバーのスツールにすわり、頬杖をついて歌に耳をかたむけていた。

「どんなマッチか知りませんが、ここにはありません。掃除のときも見かけませんでしたから」

彼はそう言うと、では忙しいので、という顔をして包丁を手にとった。カサッカサッ。堅いアスファルトの上を落ち葉が転がる音がした。男はずっと黙っていた。しばらくして包丁を一本研ぎおえた彼がふっと見上げると、奇妙なことに男はしかめっ面をして彼を見ていた。「ドンデ・ボイ」が終わった。

「僕のせいじゃない、それは……」

男は泣きそうな顔をした。マッチをなくしたからなのか。それとも歌を聞いたからなのか。ひょっとしたら胸に積もりつもった恨みや恐れのせいかもしれないいし、ずっと前に失った、初秋の陽光をたっぷり浴びた土のような温もりのせいかもしれなかった。

彼が彼女と知り合ったのは二十九歳のときだった。彼は二十六のころからスポーツジムのトレーナーをしていた。彼が初めて働いたスポーツジムのリーダーは、彼を上から下までじっくり観察すると、にっこり笑って言った。ここでは筋肉もそうだけれど、ルックスとプロポーションが伴わなきゃうまくいくものもいかないんだよ。ルックスとプロポーション、そう言ったとき、リーダーの蒼白で分厚い唇が飛び出し、そして広がった。脂っこくて生臭く、つるつるしていて気持ちの悪い、ひと言で言えばヌタウナギのような言葉だった。そういうものが伴わなきゃうまくいくものもいかないことを、俺は受け継ごうとしているんだな、と彼は思った。

彼女が友人といっしょに来たのは、彼が三番目のスポーツジムで働いていたときだった。彼女たちはトレーニングなしで、器具だけを使う六カ月コースを申し込んだ。友人のほうは来ない日もあったが、彼女は毎日決まった時間にやってきた。午後五時ごろ、動きやすい格好でランニングマシンを三十分、サイクリングを二十分ほどしてから帰った。ロッカールームもシャワー室も使わなかった。こっそりやってきてこっそり帰るので、二カ月たっても二人は言葉を交わしたことがなかった。

彼女が走っていたランニングマシンが故障しなければ、そこで彼女が突然止まったマシンから滑り落ちて足首をくじかなければ、二人は永遠に見知らぬままだっただろう。あたかもおなじ道を並んで走っていた二台の車が、分かれ道にさしかかり、それぞれ違う道を進んでいくように。しかし結果的にみればそうなったのだと、彼は思った。目的地の異なる二台の車がたまたまおなじサービスエリアに寄ったのだと。たとえば竹田《チュッチョン》サービスエリアのようなところで、マッチのようなものを落としたまま。

「カン先生、夕食、いっしょにどうだい?」。シン教授が言った。「先週は急がしくてカン先生につきあってやれなかった。授業はうまくいってる? 学生たちはどう?」

彼女はまあそこそこ、と語尾を濁した。

「夕食はウナギにするか。夏の終わりには栄養をつけてやらなきゃな。川を渡ったところにウナギのうまい店があるんだ」

彼女は他の二人の時間講師といっしょにシン教授の車に乗った。シン教授が運転し、助手席に男の講師が、うしろには彼女より若く見える女の講師と彼女が並んですわった。車は川を渡り、川沿いを走った。いつのまにか秋だった。彼女は、窓の外で陽ざしを浴びて光っている川沿いのニュータウンのアパートを見ながら、思わずこう言った。

「わたし、以前ここに住んでた……」

シン教授が、へえ、そうなんだ、と言った。でも、それがなに？　とでも言っているように聞こえたので、彼女は口を閉じた。男の講師が、なにしろこのニュータウンは規模が大きくて、自分の知り合いもここに住んでいると言った。シン教授が、住みやすいのかなあ、と言ったが、べつに返事を期待しているようでもなかったので、彼女も男の講師もなにも答えなかった。

ウナギの店はニュータウンから旧市街に続く国道沿いにあった。シン教授は店の人に、一番でかいヌタウナギを選んでくれと念を押し、それから焼酎とビールをたのんだ。おもにシン教授がしゃべり、男の講師が相づちを打ち、若い女の講師がときどき笑った。男の講師が焼酎とビールをまぜたグラスを配った。伸びたインスタント麵を編んだような方眼模様の焼き網の上で、大きなヌタウナギが身もだえつつ縮みあがっていた。彼女はそのようすを見ているうちに、身もだえながらよみがえってくる記憶の気配のようなものを感じた。ずいぶん前にこのニュータウンに住んでいたころ、誰かとヌタウナギを食べにこの店に来たような。来たとしたら、たぶんそのころいっしょに暮らしていたラニという友人だ。ラニはヌタウナギが好きだったのだろうか。

腕をまくった青年がやってきて、トングとはさみで半焼きのヌタウナギを切りはじめたとき、彼女は頭に浮かんだヌタウナギの記憶をぱっとつかみとった。あのひと……あのひとだったんだ。誰かとヌタウナギを食べにきたのではなかった。あの人の両親が京畿道《キョンギド》の郊外でヌタウナギの店をやっていると言っていたのだ。とても小さい店ですけどね、とあの人は言った。ふつうの家ですよ、ごくふつうの。

小さく切ったヌタウナギから透明でストローのような長い内臓が飛びだした。彼女は頭が混乱した。忘れていたはずの記憶の断片がよみがえってきたのだ。切れ切れになった記憶のなかから、気味が悪くて、やわらかい内臓のようなものが押しだされてきた。博士課程を修了したものの論文が書けなくてラニのアパートに転がりこんでいたころ、その人がいた。彼女は彼の人生に興味をもった。彼の人生に魅了された。彼のような生き方はどういうものなのか、知りたくてたまらなかった。

「焼けたみたいだぞ。さあ、食べよう」

シン教授が言った。

彼女が三十三の年、色々なことがあった。兄が結婚することになり、彼女の父は、いま住んでいるこのアパートは兄さんのもので、おまえには嫁入り道具として買ってあるオフィステル[*1]をやろう、と言って彼女に独立することを命じた。博士課程の学費まで出してやったのだから、これからは自分で生活費を稼いで暮らせという意味だった。彼女には父の決断がすこし恨めしかった。江南《カンナム》の四十八坪のアパートと江北《カンブク》の十五坪のオフィステルとでは比べものにならなかったし、父の多額の年金と貯蓄、株を考えると、こんなワンルーム型のオフィステル一つだけなんて……。でもそう思う自分が恥ずかしくもあった。彼女は大学院を終えるまで、家庭教師はもちろんアルバイトすらしたことがなかった。だからなおさら途方に暮れ、恨めしく思ったのだとしたら……。

そのころラニと出会った。ラニは他人の童話にイラストを描く仕事に嫌気がさし、いっそ自分で童話を書こうと意気ごんでいた。二人は互いの事情を打ち明けているうちに、妙案が浮かんだ。彼女のオフィステルは人に貸し、彼女はニュータウンにあるラニのアパートでいっしょに暮らす、というものだった。管理費と生活費を半分ずつ負担することにすれば、ラニにとっても悪くはない。ラニも、博士課程まで終えた彼女がいれば童話を書くのにも役に立ちそうだと言った。しかもラニのアパートからは図書館も近かった。二人は大よろこびした。彼女が引っ越しをした日、二人は出前で頼んだジャージャー麵を食べながら、輝かしい未来が自分たちを待っていると確信して、その未来をすこしでも引き寄せるには健康が大事だと、自転車を買い、スポーツジムに通うことにした。

彼女は彼より四つ年上で、そのころは博士課程の学生だった。彼は女性の博士を見たことがなかった。彼がそう言うと、彼女は首を横にふりながら、博士じゃない、博士課程の単位をとっただけで、まだ論文は書いていないのだと言った。いずれにせよ、そんなに高度な勉強をした女性と話をしたりお茶を飲んだりしたのは、彼にとって初めてのことだった。

彼は、彼女たちの住むアパートに二度行ったことがある。二十六坪のわりにずいぶん広く見えた。二軒ずつ向かい合ったタワー式の建物で、正面と側面だけでなく、裏側にもベランダがついていた。大きさはそれぞれ違った。正面のベランダが最も大きく、そのつぎが裏側で、側面が一番小さかった。正面のベランダからは、彼女が論文を書くために毎日通っている図書館が見下ろせた。彼は、ゆるやかなL字型に曲がった車道の向かいにある図書館の入り口と、イチョウの木が立っている進入路、木の上にそびえる図書館の建物などを、長いあいだ眺めた。そうしていると博士の彼女のことをもっと理解できるような気がした。そしていつの日か、自分もこんなアパートで暮らしたいと思った。

彼女は彼に対してやさしく、親切に、もっと正確にいうと、礼儀正しく接した。彼に恋愛感情もなければ、無視もしなかった。彼女は彼に色々たずね、彼の話に耳をかたむけた。彼が夜、働いている日式料理店（おもに刺身を扱う日本風の料理店）にやってきて、友人のために寿司弁当をテイクアウトしたこともあった。そんなときは注文した弁当ができるまで、彼の目を見ながら話をした。彼女の友人は童話のイラストを描いていて、仕事上ストレスがかなり溜まるらしい。でも彼の作る寿司を食べると、おいしすぎて気分がよくなるのだという。

彼女との奇妙な距離感――彼としては奇妙だとしか思えないのだが――近くなることもなければ、近づけようと努力することもできず、努力したいとも思わせない、もどかしいけれど、それでいて水を打ったように静かな隔たりを、彼はほかの誰にも感じたことがなかった。彼女に会う前は、何でもさっと近づいてきてはさっと遠ざかり、むくむく沸きあがってきたかと思うと、つぎの瞬間に消えてしまうことが多かった。自分の人生に見知らぬものが入ってきて、長く留まったり持続したりするという感覚を、彼はそれまで味わったことがなかった。見たこともない温かい何かをまだ。

彼女がヌタウナギの店で彼のことを思い出したとき、まず頭に浮かんだのは、くじいた足首をつかんだ彼の力強い握力や、彼女を支えて階段を下りた石のような肩と胸の筋肉、強い汗の匂いなどではなかった。むしろ彼の体に似つかわしくない、こまやかで巧みな箸づかいだった。

彼の店にいるときだった。彼女が緑茶をかけたご飯を食べながら、箸でイシモチの身をつついてほぐそうとしたとき、彼があわてて、イシモチはそのように食べるものではないと言った。

じゃあどうやって？

いい？　イェヨンさん、と彼はごつい手で箸を握り、弓なりになったイシモチの背中に、そうっと眉毛をかくように線を引いた。ここ、この背中に沿って。彼は手馴れた手つきでイシモチの頭をはさむようにして箸を入れ、すーっと下のほうに引っぱった。これで表と裏が分かれるでしょ。そしたら頭と真ん中の骨がすぽっと取れるんです。彼女が不思議そうに見ていると、彼は緑茶をかけたご飯をスプーンですくい、その上に南アメリカ大陸のような形をした細長い魚の身をのせて、彼女に差し出した。

食べてみて。焼き魚、好きなんでしょ？

彼はそのことをおぼえていたのだ。彼女は魚を口に入れた。香ばしくて塩気のきいたイシモチの味と、緑茶のほろ苦い香りが口のなかに広がった。そのときの味を思い出したとたん、彼女の口には唾がたまった。シン教授は、ここが珍味なんだと、ヌタウナギの内臓を箸で取り、若い女性の講師の受け皿に入れていた。

彼女はほかにも思い出した。その日、偶然会った彼のいとこと相席になり、とても楽しい飲み会になった。自動車整備の仕事をしているという彼のいとこは、かつて自動車学校の講師をしていたこともあり、運転免許の試験にまつわる面白いエピソードをたくさん知っていたのだ。いまでも思い出すのが、雨のせいで不合格になった女の人の話だ。

そのオバサン、雨の降る日、ワイパーがつけられなくて落ちたんですよ。

ほんと？　彼女がそう訊くと、いとこは得意になって話を続けた。

ビックリでしょ？　試験官がマイクで何度も、ワイパーをつけてください、つけてください、って言ってるのに、オバサンはじっとしてる。つけ方がわからないから。教習を受けていたあいだ、一度も雨が降らなかったらしいんだ。そのうち試験官が、もう結構です、降りてください、って言ったら、その純粋なオバサンは、てっきり自分のかわりに誰かがワイパーをつけてくれると思ったらしい。それなのに不合格！　だから試験官のところに走っていって、ワイパーをつけてくれって、ワイパーさえつけてくれたら運転には自信があるからって言ったんですって。でも、あの町の自動車学校は容赦ないですからね。結局そのオバサン、ハンドルもろくに握らないまま落ちちゃったんですよ。

可哀想に、と彼女が言うと、いとこがうなずいた。

まあ、たしかに可哀想ですよね。車から降りて、雨のなかを傘もかざさずに、泣きながら事務所まで行って、どうして自分にはワイパーのつけ方を教えてくれなかったのかって問いつめたんですから。

彼女はこらえきれなくなってプッと吹き出した。シン教授が彼女のほうを見た。男の講師と女の講師も彼女を見た。彼女はあわてて口をつぐんだが、またウフッと笑いが漏れた。シン教授が言った。

「カン先生、かわってるな。妙なところでうけたりして」

そうじゃないと言おうと思ったけれど、彼女はただ気まずそうに笑った。


彼は今日の最初の客である男に、寿司の盛り合わせを出した。男はしばらく黙って寿司を見下ろしていたが、箸でヒラメの寿司を取って醤油につけ、口に入れた。男は何度か噛み、そしてぶるっと肩を震わせた。

「ああ、うまいなあ」

そのとき、彼はわけもなく胸に刺すような痛みを感じた。初秋の陽光とはこういうものなのか。つぎに男はまぐろの寿司を食べた。それからほんのりと火であぶった牛肉の寿司を食べ、箸を握った手をバーに下ろした。

「これって、僕のせいじゃないですよね?」

男はまた泣きそうな顔をした。

「こういうものを食べておいしいと思うのは……そうですよね」

「そうですね」

彼は意味もなく答えた。でも、もしかしたら……と彼は考えた。それが誰のせいかなんて誰にもわからない。

あのとき彼は、何もかもいとこのせいだと思った。いや、姉のインヒのせいだと思った。ともあれ自分のせいではないと、自分が悪いのではないと思った。

あの日、いとこがなぜ彼の店にやって来たのか、思い出せない。そもそもいとこが彼女に相席をしてもいいかとたずねたのが始まりだった。彼女はすこしためらったが、かまわないと言った。彼は反対したかったが、できなかった。焼酎を頼んだのもいとこだった。彼は手があくたびに彼らのテーブルのほうをふり返った。そのうちサービスに焼いたイシモチを持っていき、彼女の隣にすわった。

いとこは、緑茶をかけたご飯をスプーンですくっている彼女の手の形をじっと見つめていた。獲物をねらう獣のような顔だった。いとこは姉のことを彼女に話すかもしれない、と彼は思った。わざとでなくても、何か話のついでにぽろっと出るかもしれない。だからといっていとこを呼びだし、姉のことは秘密にしてくれ、と言うわけにもいかなかった。いとこが何か言ったけれど、彼の耳には聞こえなかった。彼女も聞こえなかったのか、ご飯をひと口食べてから箸でイシモチをほぐそうとした。

いとこが、叔父さんと叔母さんが、と言いかけたとき、彼はすばやく彼女に、イシモチはですね、と話しかけた。いとこがそれ以上話せないように、いとこの話を彼女がそれ以上聞けないように、イシモチの食べ方を説明した。まったくインヒ姉さんのせいで、といとこがつぶやくのを彼はたしかに聞いた。でも彼女は聞こえなかったのか、目を輝かせながら、彼がイシモチの身を箸で取るのを見つめていた。いとこはあきらめて、インテはお気楽なやつだよ、と言った。こんども彼女は何も聞こえなかったかのように、彼が取った魚の身とご飯をもぐもぐ嚙み、そして、すぐそばで風船がバーンと割れたかのように身をすくめた。

ああ、おいしい。

いとこは彼女をじっと見つめていたが、やがて話題を変えた。運転免許試験にまつわる話だった。彼は客に呼ばれて席を立った。しばらくして二人のほうを見ると、彼女はのけぞって大笑いをしていた。

その日、彼が彼女をアパートに送る途中、彼女が急にウウッ、と歯ぐきに魚の骨がささったような顔をした。ああ、おかしい。なにが？　と彼が訊いた。ワイパーは動かすものでしょ？　なのに、つけるですって。ワイパーをつけてください、って言ったんですって。彼はそれのどこがおかしいのかわからないまま、恥ずかしくなった。いや、わからないから恥ずかしかった。彼女がくすっと笑いながらつけ加えた。

傘もささずに、なのにね。

もしかするとそれは前兆だったのかもしれない。彼女といとこが偶然店で会うまで、彼は姉の存在などすっかり忘れていた。知的障害のあるインヒは十歳のころから猛烈に食べだし、体重は平均の二倍ほどになった。十七歳のころからは家を出て帰ってこなくなることが多かった。たいていは道で出会った見知らぬ男についていった。はじめは一週間から十日ほどすると帰ってきたが、しだいに長くなり、数カ月、一年以上帰ってこなくなった。時間に比例して、帰ってきたときの姿は悲惨なものだった。おおかたホームレスでもしていたのだろう。その後、三十を過ぎて家を出ていったきり、二年間帰ってこなかった。彼はそんな姉のことなど忘れてしまっていた。ところがいとこに会ったつぎの日、母から電話がかかってきたのだった。

インヒを連れ戻したよ！

連れ戻す？　どこから？

ターミナルから。

彼は携帯電話に耳をあてていたが、母の話はほとんど聞いていなかった。姉がいきなり現れたことで頭がいっぱいだった。インヒが帰ってきた。いとこは知っていたのだろうか。知っていて彼の両親の話を持ちだし、彼のことをお気楽だのとからかったのだろうか。でもどうせまたいなくなる、と彼は思った。そうだ、そのうち出ていくんだ。これまでずっとそうだったから。どこへ行けばいいの？

「ドンデ・ボイ」というのはそういう意味らしい。どこへ行けばいいの？

それでね……。

急に母の低い声が彼の耳に入ってきた。

なんだよ、また。

母が少し間をおいてから、あの子、妊娠してるんだよ、と言った。

な、なんだって？

四カ月くらいだと思う。

ああ、あの女。彼は声を荒げないように必死だった。狂ってるんじゃないか？

姉さんに対してなんという言い草だい。

はあっ!?　狂ってるから狂ってるって言ってるだけだろ？

あたしがあの女《こ》にそう言うのはいいけど、おまえはダメだ。

うんざりしないのかよ。

うんざりしているひまなんかないね。こっちは毎回、あきれて気絶しそうなんだから。

ちきしょう。ふざけんな！

父さんに知れたらどうしよう。

父さんは知らないのか？

まだ知らない。

だから、なんで連れ戻したりしたんだよ。見つけてもそのまま放っておきゃいいだろ。

見て見ないふりをしろっていうのかい？

そうだよ。

インヒはバカだからしょうがないけど……。

彼は母の口から出てくるつぎの言葉を待った。

おまえは体のなかにきびがらしか入っていない、すかすかの男だ。

電話が切れた。そうだ。きびがら。俺の体のなかにはきびがらしか入っていない。筋肉質に包まれたきびがらだ。それより、なんで母さんはインヒをさがすんだよ？　ふりではなくて本気でさがしているとしたら？　彼は心の底から怖くなった。母さんはなぜインヒを忘れようとしないのか。どうしてインヒに忘れられようとしないのか。まさかいっしょに暮らそうと思っているんじゃないよな。あいつを連れて一生。ありえない。インヒはまた家を出ていく。姿を消す。そうなるべきだ。もうすこしの辛抱だ。そうなったときに彼女にすべてを打ち明けたらいい。家族は何人？　と彼女に訊かれたとき、彼はとっさに、両親と僕の三人だと答えた。彼女が、一人っ子なんだ、と言っても、彼は否定しなかった。否定できなかった。それなのに、いとこは彼女に何を話したのだろう。翌日も、その翌日も、彼はジムで彼女の姿を見かけなかった。ジムの利用券がまだ半月ぶん残っていたのに、彼女も彼女の友人も来なかった。

図書館の進入路に厚く積もったイチョウの葉が地面を転がっているうちに、強い風に吹かれて宙に舞いあがった。彼女の長い髪が吹き飛ばされそうになった。彼女は、彼に気づかずに通り過ぎた。彼はイチョウの木にもたれて、彼女に電話をかけた。彼女は携帯電話を取りだして画面を見たが、ベルの音を消してカバンに入れた。誰？　どうして出ないの、と彼女の友人が訊いた。

なんでもない。

彼はうしろで、彼女が横を向いたときの唇の形をはっきりと見た。なんでもない、という声も聞いたような気がした。彼の耳にはまだベルの音が響いているのに、彼女は、なんでもない、と言った。誰でもない、ではなく、人を物みたいに、なんでもない、と。

二人は自転車で行ってしまった。彼は電話を切ってベンチにすわり、中身がすかすかのきびがらのように笑った。ドンデ・ボイ。どこに行けばいいの？　なんだよ、コチュが発狂《あそこ》しているような声を出しやがって、と彼は思った。

コチュの発狂《パルグァン》……。（「初秋《チョチュ》の陽光《ヤングァン》」と発音が似ていることから）

その言葉を呪文のようにとなえているうちに、得体の知れない殺意がこみ上げてきた。姉を殺してやりたくなった。いとこも殺したかった。黄色いイチョウの葉が宙を舞った。めまいがした。彼はしばらくベンチにすわっていた。突然、背後から、ねえ、と大声が聞こえた。

これから大学に行って登録科目を変更するの！

おかしな気分だった。自分に言ったわけでもないのに、彼はふり返って、登録科目を変更しに行くの？　と訊きそうになった。登録科目はどうやって変更するのだろう。姉を変更することはできないだろうか。

かつて、彼女が自分の姉だったらいいのに、と思ったことがあった。彼女のことをイェヨンさんと呼んでいたこともあった。あの日、彼女はいとこから聞いて知っていたのに、わざと知らないふりをしていたのだ。彼がアパートまで送っているときも、ワイパーと傘のことばかり話していた。いつのまにか彼は、姉に対する憎悪を彼女に投影していた。バカないとこに対する感情も彼女に移っていた。彼は彼女のような人間をたくさん見てきた。シラを切っておきながら最後に裏切る人間。彼女もそんな女だったのだ。イェヨンは、イェヨンは、と彼は刃物で何かを突き刺すような気持ちでつぶやいた。クソ女だ。イェヨンはクソ女だ。彼の知らないもので埋まっているであろう彼女の頭のなかは……もう何の興味もなくなった。知りたいと思わなくなった。でもこれだけは言っておきたかったのかもしれない。いま彼の目の前で寿司を食べている男のように。

それは……僕のせいじゃないんだ。そうでしょう？

彼らはヌタウナギの店を出ると、男の講師が運転する車に乗って地下鉄駅の近くまで行った。シン教授が呼んだ代行が来るまで、彼らは近くの公園のベンチでテイクアウトしたコーヒーを飲んだ。コーヒー代は男の講師が払った。代行が来てシン教授が行ってしまうと、男の講師が言った。

「僕たちだけで飲みなおしませんか」

女の講師が彼女のほうを見た。

「わたしはお先に失礼します。寝不足で疲れてて」

彼女がそう言うと、男の講師は、ご自由に、というように肩をすくめた。そしてかっと腹を立てて言った。

「だったらはじめから代行を呼んでくれよ。僕らには一滴も飲ませないでさ」

「じゃあ、わたしたち」と女の講師が、彼女と男の講師をかわるがわる見て言った。「軽く一杯、飲みましょうか」

「そうこなきゃ！」

知っている店があるのか、男の講師は路地のほうにさっさと歩いていった。地下の居酒屋で、彼らはあらためて自己紹介をした。男の講師はキム、女の講師はユンだった。ビールと焼酎をまぜて一気に二杯飲み干したキムが、唇をぺろりと舐めると、彼女を見た。

「カン先生、さっきはよかったよ」

「え？」

「さっきはよかった」

「なに……が……？」

キムのくだけた言い方につられて、彼女も言葉をにごした。

「さっきおかしなタイミングで笑っただろ？　あれ、すごくよかった。シン教授がぽかんとしてたの、笑えたよなあ」

それで笑ったんじゃないと言おうとしたけれど、彼女はつい笑ってしまった。

「シン教授はなぜあんなにお疲れなんだろ。会うといつもブルーブルーだよな。死なないのが不思議なくらいだ。でもそれは僕たち時間講師に対してだけなんだよ。教授たちの前ではキラキラしてるのに。皮肉も言わないし、どうでもいいことも言わない。とにかく、僕たちの前ではむっつりしてて、つらそうに見える」

「それは」ユンが囁くように言った。「わたしたちに申し訳ないからじゃないかしら」

「申し訳ないってそうなの？」

「シン教授自身、面目ないからでしょう」

「面目ないってそうなの？」

「ふつうはそうでしょう？　申し訳ないときや面目ないときには。どうすることもできないから」

しばらく考えていたキムがテーブルをパンとたたいた。

「ああ、わかるような気がする」

二人は互いに、わー、ユン先生、はい、キムせんせー、と意気投合して乾杯した。彼女もつられてグラスを触れ合わせた。しかしシン教授が申し訳ないとか、面目ないと思っているとは考えられなかった。

「でも、まいったね！」

キムが焼酎とビールをまぜながら言った。

「ウナギをご馳走してやるって言っておいて、ヌタウナギだぞ。だったらはじめからヌタウナギって言ってくれよ。だろ？　なんでウナギなんだよ。ユン先生、俺はヌタウナギを食うと精がつくなんて話、聞いたことないね。それに最後まで一番でかいのをたのむとか言ってたじゃないか。いくらでかくったってヌタウナギだろ？　ウナギになるわけじゃない！」

「だから」とユンは人さし指で宙をポンとたたいて言った。

「ケチ学者」

キムがワハハと笑った。

「いいね、俺、ユン先生、好きだなあ。カン先生も。久しぶりにいい気分だよ、ほんと。昨日はとても悲しかったけど」

キムは二人に焼酎とビールのカクテルを渡し、自分は焼酎だけをビールのグラスについだ。

「後輩の墓参りに行ってきたんだよ」

ユン先生が悲しそうな顔をした。

「親しい後輩だったんですね」

「すごく親しいってわけじゃなかったけど、行きつけの飲み屋で知り合ったヤツでね、そいつと、もう一人の三人で、気が合ってよく飲んでたんだ。夜、店に行ったらいつもいる、って感じ。でも何年か経つと面倒くさくなってきたのか、そいつは顔も見せなくなったんだ。電話にも出ないからよっぽど忙しいんだろうって思っていたら、実は死んでたんだよ。葬儀もとっくに終わってた。だから昨日、もう一人の友人と墓参りにでも行こうかという話になって新葛《シンガル》（京畿道《キョンギド》龍仁市《ヨンイン》に位置する）に行ってきたというわけさ。まったく人生ってやつは……」

「男のひとって、外でお酒飲んでるときに誰かと親しくなったりするんですね」と言ったユンが彼女に訊いた。「カンせんせーもお酒飲んでて誰かとお友だちになったりします？」

「バカなこと言わないで」

彼女がそう言うと、ユンが目をまんまるくした。

「あ、ええ、そうですよね。女のひとは無理ですよね」

ずっと暗い顔をしていたキムが、コホッと咳ばらいをした。

「ゆうべどっかに携帯を忘れてきてさ、これからさがしに行くんだけど」

「じゃあそろそろ出ましょうか」

彼女がそう言うと、キムが手をふった。

「そうじゃない、カン先生。そうじゃなくて、その店がこの近所なんだ。なんて名前だったっけ。ミンテ？　ジンテ？　とにかく、そこの寿司がすごくうまいんだ。そこで三次会しないか？　金は俺が出すからさ」

「わたし、お寿司大好き」

ユンが猫のように背筋を伸ばして言った。寿司か。そういえば寿司が好きだったラニは童話作家になったのだろうか、と彼女は思った。

「でもその店は」ビールのグラスに残っていた焼酎を飲み干してから、キムが言った。「肝心の焼酎を置いてないんだ。だからもう少しここで飲んでから行こう」

彼女はかばんのファスナーを開けて財布を取りだし、テーブルの上に金を置いた。

「ごめんなさい、わたしはこれで」

キムとユンが同時に彼女を見た。

「ええ？　カンせんせー、お寿司食べにいきましょうよ」

彼女は少しためらった。その寿司屋には焼き魚もあるのだろうか。緑茶とイシモチもあるだろうか。

「くそっ、どうして場をしらけさせるかねえ」

キムの言葉に彼女はカチンときた。

「カンせんせーが帰るならわたしも帰ります」

ユンが言った。

「いやはや、あきれたね」キムがグラスに焼酎をつぎながら声を荒げた。「あんたら、なんなんだよ。なんで言うことがコロコロ変わるんだ？」

「コロコロ変わるですって？　わたし、さっきから先に帰るって言ってたんですけど」

彼女はていねいな言葉を使っている自分に腹が立ち、席を立った。

「さっきから言ってるけど、俺はいまものすごく機嫌が悪いんだよ」

キムが彼女から顔をそむけ、ユンを見た。ユンは申し訳なさそうな笑みを浮かべながらバッグに手を伸ばした。キムが手を払った。

「はい、はい、どうぞお帰りくださいな。ちくしょう。ああ、胸くそ悪い！」

店を出ようとする彼女のうしろから、この金、持って帰れ！　というキムの声がしたが、彼女はふり返らなかった。


その日、彼はスポーツジムの向かいの廊下で背を向けて立っていた。彼女はあたたかい緑茶の缶を両手で包み、彼のほうに軽やかに歩いていた。

「なんだって？」

突然、彼が大声を出したので、彼女は足を止めた。太い腕の筋肉に隠れてわからなかったが、彼は少し顔を横に向けたまま、誰かと電話で話をしていた。彼女がこっそり引き返そうとしたとき、吠えるような低い声が聞こえてきた。

ああ、あの女。狂ってるんじゃないか？

彼女は彼がそんな口調で、そんなことを言うのを見たことが、いや、想像したことがなかった。一刻も早くそこから逃げだしたかった。

はあっ⁉

彼の声が接着剤のように彼女を引き寄せた。

狂ってるから狂ってるって言ってるだけだろ？

彼女は足を引きずるようにして後ずさりした。

ちきしょう。ふざけんな！

彼女はジムのなかに入り、四角い柱のうしろに隠れた。手に持っていた緑茶の缶が汗ですべって落ちたけれど拾わなかった。しばらくして、こわばった顔をして歩いていく彼の横顔を見た。ハンサムな顔で、すらっと背が高く、砂利の入った袋をくっつけたような隆々たる筋肉が、急に気味が悪く、破廉恥に見えた。

いつだったか、彼が少し誇らしげに言った。こう見えて僕、けっこう貯金してるんです。彼は朝から夕方までスポーツジムで働いた分の給料と、夜、寿司屋で稼いだ金を、一部は両親に渡し、一部は家賃を払い、残りはぜんぶ貯金しているのだと言った。食費はほとんどかからないですからね。彼は、朝はプロテインパウダーを、昼は鶏ささみの缶詰にご飯一杯を食べ、夕食は店でさしみなど魚ですませるのだと言った。炭水化物は昼食にとるご飯一杯だけだった。それで大丈夫なのかと彼女が訊くと、筋肉は確実につきますよ、と言った。彼女は心から感心した。

インテさんはとても真っすぐなひとですね！

彼が首を横にふった。そんなことないです。若いころはずいぶん悪さもしましたから。そのとき彼女は、いまも若いのに、と言って笑った。でも……悪さって何だろう。どのくらい悪いことだったのだろう。肩に刻んだ小さなバラ模様のタトゥーくらいのものか。あるいは酒を飲んで喧嘩したとか、クラブで女たちと遊んだとか、そういう誰にでもある些細なことだろうか。いや、もしかしたら彼女には見当もつかないほど悪いこと、悪い人間関係があるかもしれない。いつだったか彼女は、南アメリカ大陸の形をしたイシモチを食べながら、彼といっしょに南米を旅する自分を想像したことがあった。なんて愚かだったのだろう。彼女はもう彼の人生なんかどうでもよかった。どうせ荒っぽくて無味乾燥な人生にきまっている。そう思うと恐ろしくなった。

彼とはそれっきりだった。その後彼女はジムに行くのをやめ、彼が電話をかけても取らなかった。いや、一度くらいは取ったかもしれないけれど、何を話したのかおぼえていない。どうせブツブツ文句でも言ったのだろう。

居酒屋を出て地下鉄駅に向かっているとき、彼女はブルッと身震いした。ヌタウナギを焼くと透明で細長い内臓が飛び出してくるように、男たちのなかに隠れている矮小で汚い内面のコチュ（唐辛子の意味で、ここでは男性の性器、男性性を表している）が押し出されてくるのを、彼女はずいぶん前から見てきたし、たぶんこれからも見ることになるだろう。いいかげんうんざりした。どうしたわけかユンはついて来なかった。

店を閉めるまで、携帯の持ち主はあらわれなかった。家に帰ったらまず充電しておこうと思った。彼は車を運転してアパートに向かった。彼の住むアパートには、玄関とリビングに防犯カメラがついていた。以前あんなことがあってから、彼はいつも家にカメラをつけていた。

あの夜、彼は彼女に電話をかけた。運よく彼女が電話に出た。それが最後になるとは思わなかったけれど、結局はそうなってしまった。事情を話し、会ってくれないかと頼む彼を、彼女は拒んだ。

わたしなんか何の役にも立ちませんから。とりあえず警察に届けたほうがいいですね。

届け？

住居侵入罪で訴えるんです。

彼女の事務的な言い方にもめげず、彼は勇気をふりしぼった。

あの、ほかにもイェヨンさんと会って話したいことがあるんです。先日、僕のいとこから何を聞いたのか知らないけど——そこまで言ったとき、彼女が、あ、と彼の言葉をさえぎった。あのいとこを呼べばいいじゃないですか、あのとき会った。わたしじゃなくて。

電話を切ったあと、彼は届けも出さなければ、いとこに連絡もしなかった。翌日、屋上の家《オッタッパン》（屋上に増築した部屋で、比較的家賃が安い）に防犯カメラをつけ、それからひと月ほどしてジムの仕事をやめた。ルックスとプロポーションも嫌だったし、鶏ささみもプロテインパウダーも嫌だった。一年ごとにジムを変えるのもうんざりだった。

和食調理技能士の資格をとり、小さな居酒屋を開いた日、彼はいつか彼女と再会できるだろうかと考えた。彼女は焼き魚が好きだし、友人は寿司が好きだから。彼は長い月日がたったあと、二人のうちどちらかが自分の店に客として入ってくる時のことを想像した。もちろん、それがどれだけバカげた想像なのかもわかっていた。しかしバカげているからこそ切実な望みでもあるし、そんな望みがあるからこそ狂うばかりの活気が生じる若いころもあった。おかげで彼は両親に、ニュータウンの郊外にヌタウナギの店を一軒かまえてやることができた。その庭に建てた二階建ての家に、いま姉と姪が住んでいる。十二歳になった姪は申し分なく、頭もいい。彼は姪を博士にするつもりだ。登録科目を変更させ、図書館で博士論文も書かせるつもりだ。いつも姪のそばにいて、ふと気になったことをたずねるのだ。いま、何を考えているんだい？　と。

彼はアパート正面のベランダに立って、街路樹の灯りがやわらかくL字を描く道路の向こう側にある図書館の進入路と、暗い木々に隠れた建物とを見下ろした。あなたはいま何を考えているのか。初秋の陽光やドンデ・ボイではなく、アントン・シュナックやティッシュ・イノホーサでもなく、この夜、図書館で、カフェで、研究室で、以前あなたが住んでいたここよりずっと広いアパートのリビングで、あなたは僕には思いもつかないようなことを考えているのだろうか。

コチュの発狂《パルグアン》……ふと、この下品で卑猥な言葉が浮かび、彼はうしろをふり返った。何もかもが僕のせいじゃない——とは思えなかった。体がぶくぶく肥《ふと》り、行方をくらます習性は、なにも姉に限ったことではないのだから。


オフィステルのドアを開けてなかに入ったとき、彼女は何だか妙な感じがした。即席ラーメンを作りながらも、ふと、うしろをふり返らずにはいられない。どうやら新学期が始まってから神経が過敏になっているらしい。この一週間、ほとんど眠っていないのだから。

彼女はリビングのブラインドを半分開けて、ラーメンを食べ、焼酎を飲んだ。今夜はぐっすり眠りたかった。暗いガラスに、焼酎瓶の緑色とル・クルーゼ鍋のオレンジ色が反射した。ぼんやりすわっていると、扇形の角度に開いた左側の窓でなにやらもぞもぞ動いている気配を感じ、体が硬直した。そっと近づいてみると、閉まった網戸と開いた窓とのあいだにクモの巣がかかっていて、小指ほどの楕円形の虫がもがいていた。そのまわりに虫よりもはるかに小さなクモが巣を張ろうとしていたが、虫がもがくのでうまくいかないようだ。もがけばもがくほど、虫はクモの巣に絡まっていく。彼女はしばらくクモと虫の闘いを眺めていたが、我慢できなくなって網戸を思いきり上げ、そして下ろした。それをもう一度くり返した。それでもクモの巣は切れなかった。楕円形の虫はクモの巣にはりついたまま、バンジージャンプでもするかのように揺れていた。彼女はティッシュを巻いた手で網戸を開け、大きな虫をそっとつかんでクモの巣から離し、窓の敷居に下ろした。小さなクモはとたんにどこかに消えたが、虫はクモの巣に引っかかっていたときの後遺症なのか、ひっくり返ったままもがいていた。助かる望みはなさそうだった。彼女はティッシュで虫をぎゅっとつぶして暗闇に放り投げた。網戸を閉めたあと、彼女はさっき自分のしたことを考えた。なんてことをしでかしたのだろう。クモにも虫にも何の役にも立たないのに……。でもそうするほかなかったのだ。耐えられなかったのだから。

彼女は冷めたラーメンの鍋をあたためなおそうかとも思ったが、そのまま流しに捨ててしまった。水を出してスープを流したとき、彼女は最後に彼と電話で話したときのことをはっきりと思い出した。そして一週間ものあいだ自分を苦しめ続けた、不安の原因も稲妻のようにひらめいた。遅い夜だった。彼は、酒に酔ったような声で言った。イェヨンさん、この家の流しにインスタント麵が捨てられてるんです。

え？

僕がインスタントラーメン食べないの知ってますよね。あると食べてしまうから買ったこともないのに。それなのに……。

それなのに？

さっき仕事を終えて帰ってきたら、流しに麵が捨てられてるんです。

彼女は自分の捨てた麵をじっと見下ろした。いつのころからか、家に帰ってくると変な感じがするんです。なんかおかしいんです。彼女もいつのころからかそうだった。イェヨンさん、もしかしたら誰かがこの家に出入りしているんでしょうか。僕が留守にしているあいだ、ずっとここにいるのかもしれない。男なのか女なのかもわからないし、気味が悪いんです。いまからそっちに行きますから、イェヨンさん、僕と会ってくれませんか。

彼女はふり返ろうとした。たしかに誰かがこのオフィステルに出入りしている。男なのか女なのかわからないけれど、自分のいないあいだ、ここに出入りしている人間がいる。もう一週間以上、不思議な空気を感じる。オフィステルのなかを隅々まで調べてみよう。浴室のドアを開け放ち、電気という電気をすべてつけ、猛烈な注意力でもって見つけださなければならない。何か証拠があるはずだ。麺でなくても、髪の毛とか菓子くずとか、土ぼこりのようなものかもしれない。それから電話をするつもりだ。娘をひとり古びたオフィステルにほったらかしにしている両親と兄夫婦に。

しかし彼女はシンクに貼りついたように身動きできなかった。僕がいまからそっちに行きますから、イェヨンさん。彼女は流しに両手を伸ばし、背中をまるめてふやけた麺をにらみつけた。僕と会ってくれませんか。生まれて初めて人に甘えずに一人で苦しみに耐えている幼子のように、彼女は冷や汗をかきながら何かにじっと耐えるのだった。

わたしなんか何の役にも立ちませんから。

＊1　オフィス＋ホテルのn合成語。セキュリティのしっかりしている家具つきの住居。基本的に商業施設の入った高層ビルの中にある。

著者あとがき

タイトルがタイトルだけに酒の話をしよう。(原題『あんにょん、酔っぱらい』)

私の飲酒人生において、少しショッキングな話を二回聞いたことがある。三十年あまりの飲酒遍歴をたどれば、脅しや圧迫を受けたり、白い目で見られたりしてきた。だからか私は人から何を言われても驚かなくなった。だがこの二回は、私を非難するものではなく、純粋に事実を呼び起こすものだっただけに衝撃的だった。

一つ目は、大学一年のときに同期の男子から聞いた話だ。当時、男子学生はみんな軍事教練の授業を受けたのだが、その同期によると、教練の教材にアルコール依存症に関する説明があるらしい。そこに書かれている症状はどれも私にあてはまるが、とくにぴったり言い当てているものがあるというのだ。それは何かと訊くと、「酒を飲むために嘘をつく」症状だと答えた。驚いた私は、いつ私が嘘をついたっていうの？　と訊き返した。彼は、いや、べつに、嘘……ってわけじゃないけど、でも……と口を濁し、その場を去ってしまった。ショックを受けた私は、あいつはなぜあんなことを言うのだろう、とあれこれ考えているうちに、さらに大きなショックを受けた。もちろん、私は嘘……などついていない。でも偽りの何かをしたのは確かだ。そのころ、私は午後五時になるとシンデレラのように不安になった。学生食堂の夕食は五時に始まる。みんな食堂に行ってしまい、誰も飲みに行こうと誘ってくれないのではないかと思うと怖かった。口数が減り、顔がゆがんだ。じっとしていられなくて、学科事務室の机のまわりや、サークルルームの窓際を歩き回った。誰の目にも、嫌なことがあったか、深刻な悩みがあるように見えたはずだ。そのとき、誰かが酒でも飲みにいく？と言ってくれると、私の目には生気がよみがえり、口元には笑みがにじんだ。この瞬間のためだけに、私は無意識のうちに偽りの演技をしていたのだ。同期の男子が言っていたのはこのことだったのだ。

二つ目は、ひと月も経っていない最近のことだ、私はフェギ駅の近くにお悔やみに行ったのだが、その喪家で大学時代の先輩・後輩たちに会った。前の日に飲みすぎたので少しだけ飲んで帰るつもりだったが、いつのまにか長居をしてしまった。彼らは地下鉄に乗るべきか、それともタクシーにしようかと言い合っていたが、もう少し飲んでからタクシーに乗ることになった。私もそうすることにした。しばらくしてある先輩が、俺が知ってるかぎりＡ（ということにしよう）とこいつだけだよ、と言って私を指さした。何の話をしていたのか聞いていなかったし、Ａという人のことも知らなかったので、私はＡと私の共通点について推測するほかなかった。どういう意味かとたずねると、その先輩曰く、自分がいままで生きてきて、飲み会のときに絶対に自分からお開きにしようと言わないやつが二人いるんだが、それがAと私だというのだ。先輩の話を聞いて、私は奇妙な衝撃を受けた。私は本当に一度も飲み会でこれでお開きにしようと言ったことがないのだろうか。驚いたことに本当だった。飲み会もそろそろ終盤になると、私は午後五時のシンデレラのような不安に駆られる。みんな家に帰ってしまい、誰も私と酒を飲んでくれないのではないかと思うと怖くなる。そんな私がお開きにしようなんて言うはずがない。私は一度も会ったことのないAに、言葉では言い表せない親しみをおぼえた。

飲み会は私の意志とは関係なく始まり、好き勝手に進み、もの足りなさを残したままお開きになる。酒を飲むと喜怒哀楽がリピート記号の中で反復するのだが、それは小説を書くときとよく似ている。そういえば「술《スル》（酒）」と「설《ソル》（説）」は母音の配列が違うだけだ。「酒《スル》」を飲むために嘘の「説《ソル》」を演じていた私は、いつしか小さな「説」をとく小説家になった。

五つ目の小説集を出す。

いくら飲んでもいくら書いても、終わりの見えない、回し車のなかを走るリスのように、私は満たされない気持ちになる。今日はまた誰と酒を飲み、誰に説をとくのか。その「誰」はしだいに減っていき、私はしだいに焦りをおぼえる。どうやら私は（Aと同じように）決して自分からお開きにしようとは言えない人間らしい。

二〇一六年五月

クォン・ヨソン

訳者あとがき

著者のクォン・ヨソンは今の韓国を代表する小説家で、彼女の最新作である本書『春の宵』(原題『あんにょん、酔っぱらい』二〇一六年、チャンビより出版)は、作家の力量が最高潮に達したと絶賛を浴びた短編小説集である。一九九六年に長編小説『青い隙間』でデビューし、これまで『ショウジョウバカマ』『ピンクリボンの時代』『私の庭の赤い実』『カヤの森』など、短編を中心に数多くの作品を発表し、幅広いファン層を獲得してきた。クォン・ヨソンの作品が日本で紹介されるのは、本書が初めてだ。

クォン・ヨソンは一九八〇年代に大学生活を送った、いわゆる「386世代」にあたる。386世代というのは、一九六〇年代に生まれ、一九九〇年代に三十代で、一九八〇年代に大学生で民主化学生運動に参加していた世代を指す。たとえばクォン・ヨソンの長編小説『レガート』(二〇一二年)は、独裁政権下、民主化運動のサークルのメンバーだった大学生の話を、三十年過ぎたいまの視点から、過去と現在を交差させながら描いたもので、七〇・八〇年代を再解釈しようとする386世代の感覚がうかがわれる。絶対的権力を持った独裁者の治める社会で、一人ひとりがどれだけ苦悩し、翻弄されながら生きたのか、その後の生き方にどのような影響をあたえたのかを浮き彫りにしたこの物語は、セウォル号をモチーフとしたという後《のち》の作品にもつながっている。
ただ、本書『春の宵』は、以前のクォン・ヨソンの短編集とは少し違った印象を受ける。記憶の中の人間関係よりも、同時代を生きる人々の話を書くようになったといおうか。これまで大学生や知識人が多く登場し、物語の時代背景がある程度、限定されていたため、登場人物たちの感情や心理が、あたかもその時代の遺産であるかのように思われる作品が多かったのに比べ、本書に収録されている作品は、苦しみに耐えながら生きる人たちへの共感、あわれみがより強く感じられる。いまを生きる人たちに関心を抱くようになったという点で――作家自身も言っているように――八〇年代をいまの視点で描いた『レガート』という作品は、作家としてのターニングポイントになったともいえるだろう。

さて、著者のクォン・ヨソンといえば、切っても切り離せないのが「酒」である。本書に収録された七編の短編小説すべてに「酒を飲むひと」が登場する。程度の差はあれ、彼らはなんらかの事情で酒に依存している。作家たっての希望でタイトルを『あんにょん、酔っぱらい』（原題）にしたという本書は、自分は酒を飲む人たちを書く作家であること（これまでの作品にも酒を飲むひとは頻繁に登場した）、自身も酒をこよなく愛していることを、読者の前でカミングアウトした記念すべき一冊なのである。

原書のあとがきに、酒を愛する作家の一面がうかがわれる興味深い文章がある。

飲み会もそろそろお開きになると、私は午後五時のシンデレラのような不安に駆られる。みんな家に帰ってしまい、誰も私と酒を飲んでくれないのではないかと思うと怖くなる。（略）飲み会は私の意志とは関係なく始まり、好き勝手に進み、もの足りなさを残したままお開きになる。酒を飲むと喜怒哀楽がリピート記号の中で反復するのだが、それは小説を書くときとよく似ている。そういえば「술《スル》（酒）」と「설《ソル》（説）」は母音の配列が違うだけだ。「酒《スル》」を飲むために嘘の「説《ソル》」を演じていた私は、いつしか小さな「説」をとく小説家になった。いくら飲んでもいくら書いても、終わりの見えない不安な回し車のなかで、私は満たされない気持ちになる。今日はまた誰と酒を飲み、誰に説をとくのか。その「誰」はしだいに減っていき、私はしだいに焦りをおぼえる。

クォン・ヨソンの作品に出てくる人たちは、いつも楽しく酒を飲んでいるわけではない。むしろ何かを失った人たち、苦しみに耐えて生きていくには酒を飲まずにいられない人たちばかりだ。偶然襲いかかってきた運命のいたずらの前であまりに無力な彼らは、悲しみに耐えるために酒を飲み、あたかも自分を破壊することでしか自由を得られないかのように酒を飲む。またあるときは、誰かと一緒に酒を飲みに行き、そこで杯を傾けながら、後悔や恨み、懐かしさがぎっしり詰まった記憶の中へとゆっくり入っていく。酒が傷を癒してくれるわけでもないのに。

たとえば「春の宵」では、生まれてまもない子どもを別れた夫の家族に奪われ、生きる希望を失った主人公ヨンギョンが、しだいにアルコールに依存し、自らを破滅に追い込む。「おば《イモ》」は、家族のために自分の人生を捧げてきたおば《イモ》がすい臓がんになり、余命わずかになって初めて、自分のためだけに好きな料理を作り、週に一度酒を飲み、本を読む。離婚直前の夫婦が友人を誘って一泊二日の旅行に行く「三人旅行」では、三人の会話によって彼らのおかれた境遇や関係の危うさが浮き彫りになる。三人は旅行のあいだ中、酒を飲み、つまらないことで言い争うが、かつてはソウルで大学生活を送り、共に理想に燃えていた仲だと思われる。別れた恋人の姉と酒を飲みながら、彼のその後を知ることになる「カメラ」、アルコール依存症の新人作家と、視力を失いつつある元翻訳家が出会う「逆光」、十四年ぶりに高校時代の友人三人が再会し、酒を飲み、取り返しのつかない傷を負うことになる「一足のうわばき」。一方「層」は、学歴も違えば、まったく異なる言語を操る男女が主人公だ。男の方は女との未来を想像するのだが、二人の関係はどこまでも平行線で、男の前には「コチュの発狂《パルグァン》」という、決して越えることのできない山がはだかっている。

作家にとって「酒」とは何なのか。

東仁《トンイン》文学賞を受賞したあとのインタビューで、クォン・ヨソンは「酒は個人的な意味で時間を分節する」ものだと答えている。「私たちは回し車に乗ったリスのように時間を過ごしている」が、酒を飲むとその時間の流れがぷっつりと途切れてしまう。まるで「小さな死」が通り過ぎたかのように。クォン・ヨソンにとって酒は、まかり間違えば身を滅ぼしかねないアイロニーを内在しつつ、つらい人生の「緩衝地帯であり避難所」でもあるのだ。

あるコラムに出ていたエピソードだが、本書を出したあと、インタビューや朗読会などでひまさえあれば酒の話をしていたクォン・ヨソンに、知人たちは、作家にそんなイメージがつくのはよくないからやめろと忠告したそうだ。それを聞いて我に返ったクォン・ヨソンはこのままではいけないと思い、今後はいっさい酒を飲まない小説を書こうと、酔っぱらった勢いで決心したのだが、そのせいで次の小説を書くとき、ずいぶん苦労したという。

原題にある「あんにょん」は、酒飲みたちに「こんにちは」と言っているのか「さようなら」と言っているのか、クォン・ヨソンの次の作品が楽しみである。

最後に、本書の出版を引き受けてくださった書肆侃侃房の皆様、支えてくださったすべての方々に深く御礼申し上げる。

二〇一八年四月

橋本智保

本書の出版にあたり、韓国文学翻訳院の支援をいただいた。

収録作品初出誌

春の夜　『文学と社会』２０１３年夏号
三人旅行　『21世紀文学』２０１５年春号
おば《イモ》　『創作と批評』２０１４年秋号
カメラ　『現代文学』２０１３年12月号
逆光　『韓国文学』２０１５年夏号
一足のうわばき　『明日をひらく作家』２０１４年上半期号
層　「文章 Webzine」２０１５年11月号

■著者プロフィール

クォン・ヨソン（權汝宣）

1965年生。ソウル大学国語国文学科修士課程修了。1996年、長編小説『青い隙間』で第二回想像文学賞を受賞しデビュー。小説集に『ショウジョウバカマ』(2004年)『ピンクリボンの時代』(2007年)『私の庭の赤い実』(2010年)『カヤの森』(2013年)があり、長編小説には『レガート』(2012年)『土偶の家』(2014年)などがある。呉永壽文学賞、李箱文学賞、韓国日報文学賞、東里文学賞を受賞した。本書『春の宵』(原題『あんにょん、酔っぱらい』)は絶望と救いを同時に歌った詩のような小説と評され、2016年東仁文学賞を受賞、小説家50人が選んだ2016今年の小説、中央日報、ハンギョレ新聞の2016今年の本に選ばれた。

■訳者プロフィール

橋本智保（はしもと・ちほ）

1972年生。東京外国語大学朝鮮語学科を経て、ソウル大学国語国文学科修士課程修了。訳書に鄭智我『歳月―鄭智我作品集』(2014年)千雲寧『生姜《センガン》』(2016年、共に新幹社)李炳注『関釜連絡船(上・下)』(2017年、藤原書店)朴婉緒『あの山は、本当にそこにあったのだろうか』(2017年、かんよう出版)などがある。

Woman's Best 4　韓国女性文学シリーズ①

『アンニョン、エレナ』안녕, 엘레나

キム・インスク／著　和田景子／訳

四六判／並製／240ページ／定価: 本体1600円＋税
ISBN978-4-86385-233-4

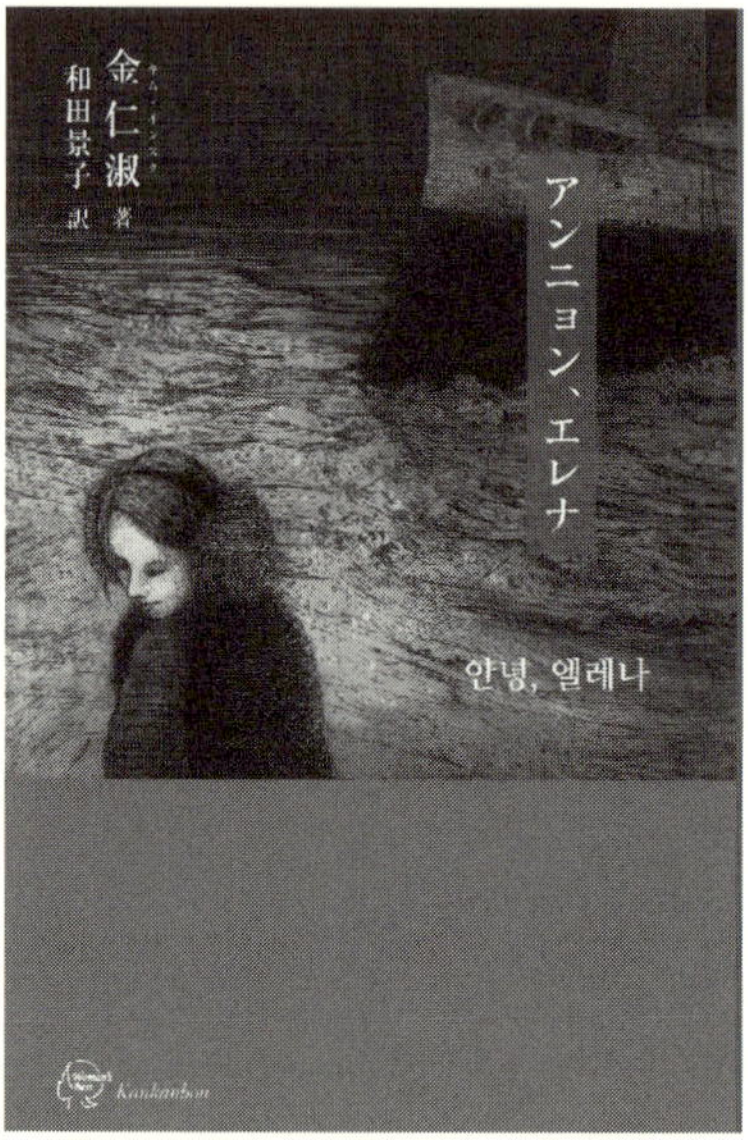

韓国で最も権威ある文学賞、李箱文学賞など数々の賞に輝くキム・インスクの日本初出版

遠洋漁船に乗っていた父から港、港にエレナという子どもがいると聞かされた主人公は、その子らの人生が気になり旅に出る友人に自分の姉妹を探してくれるように頼む「アンニョン、エレナ」。生涯自分の取り分を得ることができなかった双子の兄と、何も望むことなく誰の妻になることもなく一人で生きる妹。その間ですべての幸せを手にしたかに見えながらも揺れ動く心情を抱えて生きる女性の物語「ある晴れやかな日の午後に」のほか珠玉の短編、７作品。

書肆侃侃房のWoman's Bestとは、フィクション・ノンフィクション問わず、世界の女性の生きかたについて書かれた書籍を翻訳出版していくシリーズです。

Woman's Best 5　韓国女性文学シリーズ②

『優しい嘘』우아한 거짓말

キム・リョリョン／著　キム・ナヒョン／訳

四六判／並製／264ページ／定価: 本体1600円＋税
ISBN978-4-86385-266-2

韓国で80万部のベストセラーとなり映画も大ヒットの『ワンドゥギ』につづく映画化2作目

赤い毛糸玉に遺されたひそやかなメッセージ。

とつぜん命を絶った妹の死の真相を探るうちに優しかった妹の心の闇に気づく姉。

苦く切ない少女へのレクイエム。

Woman's Best 6　韓国女性文学シリーズ③

『七年の夜』7년의밤

チョン・ユジョン／著　カン・バンファ／訳

四六判／並製／560ページ／定価: 本体2200円＋税
ISBN978-4-86385-283-9

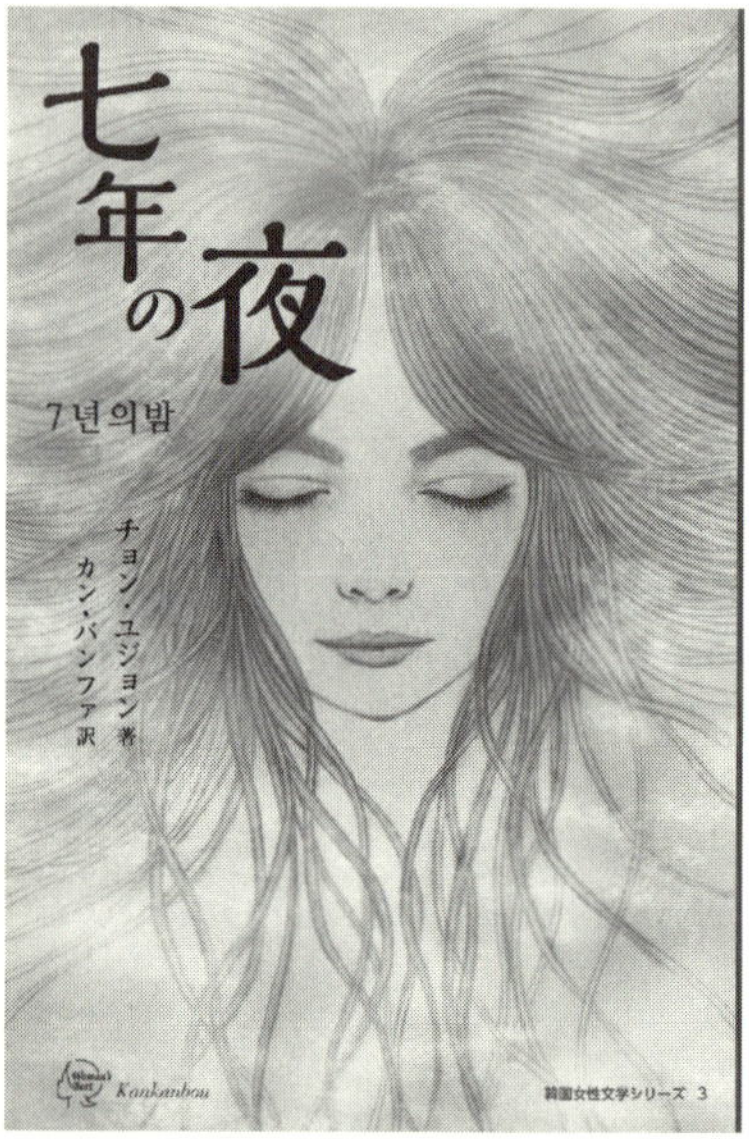

ぼくは自分の父親の死刑執行人である。
いま韓国でもっとも新作が待たれる作家チョン・ユジョン
待望の長編ミステリー

死刑囚の息子として社会から疎外されるソウォン。その息子を救うために父は自分の命をかける――人間の本質は「悪」なのか？

２年間を費やして執筆され、韓国では50万部を超える傑作ミステリー、ついに日本上陸。

「王になった男」のチュ・チャンミン監督に、リュ・スンリョンとチャン・ドンゴンのダブル主演で映画化され、日本でも公開が待たれる。

『ある作為の世界』어떤 작위의 세계

チョン・ヨンムン／著　キ・チョンシュウ／訳

四六判／並製／304ページ／定価: 本体1600円＋税

ISBN978-4-86385-226-6

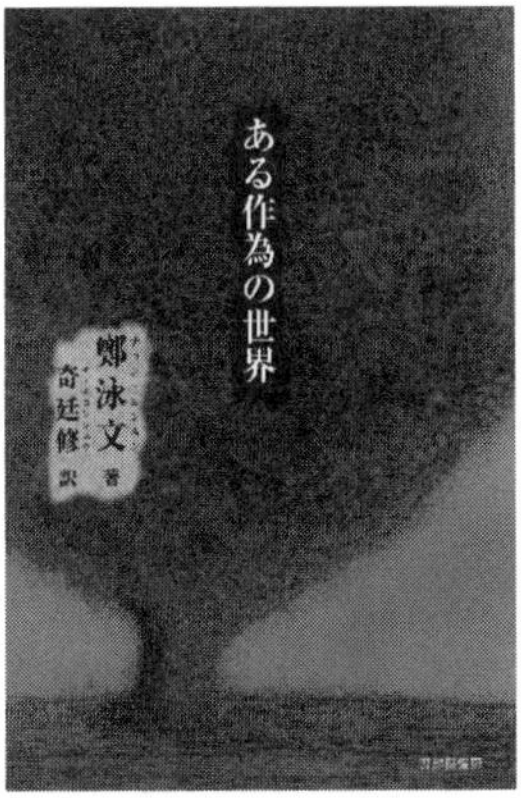

荒涼たる原野ロサンゼルスから
霧のサンフランシスコへ
韓国で３つの文学賞を受賞した
「小説のための小説」

見たこと、聞いたことをそのまま表現しないことに徹した詩的リアリティーの顕在化。空想の世界へ。
春と夏、二つの季節をサンフランシスコで過ごしながら書いた、漂流記に近い滞在記。

詩集『満ち潮の時間』밀물의 시간

ト・ジョンファン／著　ユン・ヨンシュク、田島安江／編訳

四六判／並製／256ページ／定価: 本体2000円＋税

ISBN978-4-86385-285-3

すべての存在が抱える悲しみに対する
深い愛情と憐憫

2017年、韓国・文在寅政権で文化体育観光部長官に就任した詩人ト・ジョンファン。韓国を代表する詩人は、いかなる詩を紡いできたか。その全体像が見わたせる、主要作品を網羅した決定版アンソロジー。東日本大震災について書かれ、日本で朗読された詩「ノーモアフクシマ（津島佑子さんへ）」も収録。

Woman's Best 7 韓国女性文学シリーズ 4
春の宵　안녕 주정뱅이

2018 年 5 月 29 日　第 1 版第 1 刷発行

著　者　クォン・ヨソン
翻訳者　橋本 智保
発行者　田島 安江
発行所　株式会社 書肆侃侃房（しょしかんかんぼう）
〒 810-0041
福岡市中央区大名 2-8-18-501
TEL 092-735-2802　FAX 092-735-2792
http://www.kankanbou.com
info@kankanbou.com

編　集　田島 安江／池田 雪
DTP　黒木 留実
印刷・製本　シナノ書籍印刷株式会社

ISBN978-4-86385-317-1 C0097